MINGUO TONGSU XIAOSHUO
DIANCANG WENKU

民国通俗小说典藏文库·冯玉奇卷

斗

冯玉奇◎著

中国文史出版社

图书在版编目(CIP)数据

斗 / 冯玉奇著. — 北京：中国文史出版社，
2018.3

（民国通俗小说典藏文库·冯玉奇卷）

ISBN 978 - 7 - 5205 - 0054 - 8

Ⅰ. ①斗… Ⅱ. ①冯… Ⅲ. ①长篇小说 - 中国 - 现代
Ⅳ. ①I246.5

中国版本图书馆 CIP 数据核字（2018）第 010337 号

点　　校：清寒树　旷　野
责任编辑：蔡晓欧

出版发行：**中国文史出版社**

网　　址：http://www.chinawenshi.net

社　　址：北京市西城区太平桥大街 23 号　邮编：100811

电　　话：010 - 66173572　66168268　66192736（发行部）

传　　真：010 - 66192703

印　　装：廊坊市海涛印刷有限公司

经　　销：全国新华书店

开　　本：720×1020　1/16

印　　张：14　　　　字数：146 千字

版　　次：2018 年 7 月第 1 版

印　　次：2018 年 7 月第 1 次印刷

定　　价：42.00 元

目　录

第一回

九月十八日夜里，日兵侵占了我们出产丰富的东三省。第二天早晨，我国各地的报纸上都登载了这令人伤心的消息，全国人士无不怒发冲冠，摩拳擦掌，预备跟鬼子拼一个你死我活。北平清华大学里的两个东北学生，一个是孔仲林，一个是张有义，他们自从接到家里来信，知道故乡形势恶化消息之后，心里就大为忧愁。所以每天早晨起来，第一步工作，就是翻阅报纸，关心东北的局势。九月十九日早晨，仲林和有义在阅报室内先瞧到报上挺大的标题是："日兵侵占东三省，沈阳城漫天大火，满城血红！"瞧了这标题，好像是一枚利箭，刺穿了每个爱国青年的心房，尤其是仲林和有义的心头，痛若刀割，一时"啊"了一声，咬牙切齿，几乎五脏俱裂地晕厥过去。但他们立刻又镇静了态度，急急地瞧其内容道：

沈阳十八日电

近月来日兵时在我边境做大规模之演习，且皆实弹

1

露营，百姓虽已司空见惯，然亦时感惴惴不安。

至十五日夜，日兵人数突增，我警察厅曾国雄厅长，见日兵颇有野心之企图，遂即向少帅请示，决予以迎头痛击，保卫国土。不料少帅年幼，沉湎酒色，以为日军不过演习而已，遂不介意。缘是日兵见机可乘，于是十八日夜间，竟发炮开枪，以土匪盗贼之姿态，向沈阳城做猛烈之进攻，且派大队飞机，滥施轰炸。

曾厅长与曹仁奎旅长即率领全部军警，前往抵拒，身先士卒，浴血抗战，其忠诚之精神，实令人堪钦。奈众寡悬殊，终于杀身成仁，三军尽皆为国牺牲。闻曾厅长之公馆，亦中炮弹，尽化灰烬矣！故其家属，亦全数殉难。

日兵自攻进城后，杀人放火，奸淫掳掠，满城大火，混乱之情形，惨不忍睹。有美籍女教徒一名，亦遭日寇淫辱惨死。如此残酷卑劣惨无人道之行动，实在有违国际公法，故我当局已向国际联盟会呼吁求援，以制裁日本之不法云。

仲林、有义瞧完了这段消息，两人的脸上不觉惨无人色，又愤又痛，又恨又悲，不约而同地把拳头在桌子上重重地一击，大骂道：

"他妈的！鬼子如此可恶，真叫人恨不得生啖其肉，痛饮其血！照此看来，鬼子所到之处，玉石俱焚，你我之家庭不是怕也完了吗？"

"覆巢之下，焉有完卵？那当然是凶多吉少……"

有义无限沉痛的样子，悲哀地回答。仲林好像发狂般地跳了起来，涨红了脸，说道：

"家破人亡，那么我们还读什么劳什子的书呢？我要回去，我要去看看这破碎的故乡，我……要去望望我年老的爸爸！"

"仲林，你的感情不要激动得太厉害吧！请你用冷静的头脑来细细地想一想，故乡既然发生了这样的惨变，可想而知，不要说交通完全断绝，恐怕连电报邮件都不通了吧！你固然无从回乡，即使让你回到故乡，你又有什么能力跟敌人去拼？万一给鬼子一枪打死，我试问你，你死得有什么价值呢？至于我们的家庭，就说已化了炮灰，你我回家也是毫无用处。不过我们到底还不能肯定，也许我们的家庭还好好地存在着，那么我们回到家里，恐怕也要受到爸爸责骂的。因为你我的爸爸，他们预备写信吩咐我们，不是叫我们安心在平求学，切不要重入虎口去吗？"

有义见仲林莫名其妙地竟向外面直奔了，这就明白他多半是为了瞧到曾静全家遭难的消息，所以神经受到了过于的刺激，使他有些疯狂的态度，于是连忙拉住了他，低低地跟他说出了这一番劝告的话。仲林听了，方才把疯狂的神情慢慢地平静下来。他深长地叹了一口气，眼泪夺眶流到颊上，惨然地说道：

"那么我们怎样办呢？"

"还能怎么办？我们也只有忍悲含泪地等待着时机，终有一天会让我们到前线杀鬼子去的。"

有义凄凉地回答，他想到了家中父母的存亡未卜，忍不住也悲痛地流下泪来了。这时阅报室内许多同学也都已得知了这个消息，大家无不愤怒万分，一时议论纷纷，有的主张到街上去游行，以便激动民心，有的主张派代表到南京去，向政府请愿，赶快发兵去夺回东北。仲林也很赞成他们的提议，意欲领导他们实行起来。但张有义却不以为然，把仲林悄悄地拉到了外面，说道：

"仲林，我认为这些都不是我们应该做的事情，因为这些工作所得的效力是极微极微的。尤其是荒废了学业，东奔西走地去乱闯，那就更没有价值。"

"可是，国家已到了这么危急的时候，试问读会了书，是否能挽救得了中国？是否能夺回我们的故乡呢？"

仲林听有义这么说，反觉得他没有一些血气，所以恨恨地向他问出了这两句话。有义明白他的意思，忍不住微微地一笑，也怪俏皮地问道：

"那么光是到街上去游行，到南京去请愿，是否就能挽救中国，夺回咱们的故乡呢？"

"这……这……我想至少能唤起民众，使一班醉生梦死的人可以醒一醒头脑！有义，我真不懂你是什么意思？难道你对于家乡的沦陷，父母的存亡不知，竟一些也不着急吗？"

仲林被有义问住了，一时几乎答不上话来，但立刻皱了眉尖，用了责问的语气，向他恨恨地说。有义拍拍他肩胛，认真地说道：

"好兄弟，的确，你是不懂得我心中的意思……"

"那么你是什么意思呢？"

有义还没有说完，仲林先急急地追问。有义知道他心中是急得怎一份样儿的程度，遂笑了一笑之后，用了严肃的态度，握紧了拳头，坚毅地说道：

"告诉你，我们要干得痛痛快快，切切实实地干一下子！不痛不痒，而徒费精神的事情，我们是不干的。"

"好！你预备怎么样干？只要你说出好主意来，赴汤蹈火，我决定跟你一块儿干！"

"第一，我得先问你，你会开枪吗？"

"我……我……没有受过军训，我……怎么会开枪？"

仲林被他这一句话倒是问窘住了，这就红了脸，支支吾吾地回答。有义一本正经的表情，望着他说道：

"那么你终不能光着两手去杀鬼子，去夺回我们家乡的呀！所以我说凭一时之勇，那是没有用的。仲林，假使我们要达到杀敌的愿望，我们只有离开这儿，投考陆军军官学校去！"

"对！对！对极了！有义，我们马上去投考吧！"

仲林的脸上这才浮现出一丝兴奋的笑容来，把有义的手握住了，紧紧地摇撼了一阵，似乎迫不及待的样子，赞成地回答。有义倒忍不住好笑起来，说道：

"你这人脾气现在怎么变得这样的急躁？说去就去，事情也没有这么容易的，也得先打听打听陆军校的章程，是不是随时随刻都可以投考进去的？否则，徒劳往返，那也不大妥当吧？"

"你这话倒也有理，那么我们打听明白了后，再作道理吧！"

两人正在说话，上课钟敲了起来，于是便匆匆地走进教室来了。谁知到了教室内，见里面同学的人数却是极少，连三分之一都不到。有义当然很奇怪，急问了其他的同学，方才知道大半爱活动的同学都在大礼堂上开会，预备立刻召集全市的大中学校的学生，到街上去游行示威，请求政府即日出兵与日本开战。有义知道剩在教室里的同学都是一部分安分守己胆子小的青年，于是对他们劝告，说多数同学既已发动爱国的行动，你们虽不参加，但也不要到教室里来听请，因为这样恐怕要被多数同学攻击为冷血动物的。在教室内的同学们听了这话，觉得倒也有理，于是一哄而散，有的回宿舍去了。等教授到来，教室里早已连一个学生的影子都没有了。

有义仲林回到宿舍，两人呆呆地坐着，默默无语地相对出了一会子神，他们这时心里都觉得非常的紊乱，一颗心好像有针在刺一样的难受和疼痛。尤其是仲林心里，想到了曾静全家死难的消息，他的热泪又在眼眶子里涌了上来。有义见了，便向他说道：

"不要流泪，这个时代你流眼泪，没有人会来同情你的，我们闷在屋子里也不是一个道理，你跟我一同到大礼堂去听听消息吧！"

"我……此刻精神一些没有，你给我坐在这儿休息一会儿，我不去了。"

仲林虽然是伸手抹去了眼泪，但他还是一副悲伤的神情低低地说。有义遂站起身子，管自地走出房外去了。仲林等有义走后，他在抽屉内取出一页曾静的小照来。这是分别的时候，曾静送给他留作纪念的，想不到如今竟然只剩了那张小影，再不能见到她的人了。仲林呆呆地望着浅笑含矉、美目流盼那张曾静的玉照，尤其是那个深深的酒窝儿，实在是媚人到了极点。他有些似

6

醉如痴的样子，自言自语地说道：

"曾静，你……难道真的死于敌人的炮火之下了吗？从此世界上难道真的再也找不到你这个娇小玲珑的姑娘了吗？唉！红颜薄命，想不到这句话，竟成千古不灭的谶语了，天心亦何太酷呢？"

仲林自言自语地说到这里，由不得声泪俱坠。一会儿他又取出曾静最后写给他的一封信，展开信笺，看到后面一段，他的眼泪益发大颗地滚了下来，遂哽咽地念道：

> 倘野心家果真兽性勃发，我父决率领东北军警，予以迎头痛击，叱咤风云，山河变色！嗟呼！东北数千万之生灵，将受战神残酷之荼毒也。言念及此，痛愤不已，唯望局势勿趋恶化，战事或可幸免。不然，我等远隔天涯，今生有无相逢之日，殊属渺茫，君闻斯语，当亦不胜惆怅耳……

仲林念到这里，如何还能念得下去。心中暗想：曾静在写信的时候，可见她已料到今日有死于炮火中的危险。一时伸手连连打了自己两下额角，觉得曾静的性命是自己害了她的。因为谢安琪曾经对我说过，她要我写信给爸爸，并叫我把曾静也一同接到北平她家中去暂时躲避一个时期。假使当初我肯接受她一片热心的互助，说不定我家里的人和曾静都会动身来平，那么曾静固然不会死于炮火之中，就是我爸爸、哥哥等我如今也不会再忧愁他们生死未卜的危险了。仲林这样想着，自然悔恨不已。但仔细一想，觉得自己所思忖的也无非是单方面的意思，因为曾静的爸爸是个官场中人，他平日不是一个贪生怕死的人，他是个忠诚为国的地方上的好官，那么国家一旦有了危急，他当然抱了与城共存亡的决心。至于曾静呢，她是个纯孝的好女儿，我纵然写信去叫她到北平来避难，恐怕她也未必肯抛弃父母，一个人逃性命的。再说到我的爸爸，他老人家的脾气，我做儿子的如何还会不晓得？他平生孤洁成性，况且田地房产都在家乡，他岂肯老老小小糊里糊涂地就动身到北平来打扰素昧平生的人家府上来呢？仲林东忖忖，西想想，又觉得这事实上也怨不了自己。总而言之，是敌人太无公理，不该野心勃勃地侵略我国土地，害得我们同胞流离失所，骨肉分离，造成了悲惨的命运。想到这里，不禁以拳击桌，大声地叫道：

"该死的敌人，我与汝势不两立，今生若不报此仇，何以对得住在东北遭难的父老和好友呢？曾静，凭你的英魂不远，保佑我顺利地踏上杀敌之路吧！"

这时的仲林，一个人好似在演戏的样子，一会儿愤愤地骂，一会儿喃喃地祝告，大有疯疯癫癫的神气。他把曾静的照相和那封信又十分爱护地藏入抽屉，觉得自己和曾静近五六年来的友谊，就只有这封信和那张照片算是终身的纪念物了。他呆呆地出了一会儿神，忽然提起笔来，含了热泪，簌簌地写道：

其一

负笈金台身作客，霹雳一声惊魂魄。

虎狼入室噬人毒，无限头颅成白骨。

其二

火烧沈阳满城红，噩耗传来心悲痛。

老父存亡尚未卜，泪滴青衫恨无穷。

其三

可怜九月十八夜，东北风云起龙蛇。

母为殉夫父殉国，卿卿热血流黄沙。

其四

为国牺牲壮烈冠，三军惨淡尽悲酸。

狂澜已倒谁能挽？白山黑水一齐完。

其五

心存报国欲从戎，壮志杀敌一般同。

破碎家乡系人念，何日如愿去冲锋？

仲林把满腔的情绪，一口气地写成了五首七绝，他只觉一股子辛酸，触入鼻端，眼泪滚滚地落下来，湿了笺纸上一大摊。正在这个时候，忽听门外笃笃的有人敲了两下。仲林连忙拭去了泪痕，低低地问道：

"是谁？"

"是我，安琪。"

"哦！谢小姐，你请进来吧！"

门外是个女子的声音，轻柔地自报了名字回答。仲林方才知道是谢安琪来了，她前几天曾经生过病，这星期没有上学校来读书，原是请了病假在家中休养。但她此刻忽然到校中来找我，可想她是为了也瞧到报上消息，所以来安慰自己的意思，这在仲林心里当然表示非常感激，遂站起身子，连忙急急地回答。随了仲林的请她进来这句话后，安琪便悄悄地推门而入。她的脸上并不施什么脂粉，是因为病后的缘故，所以两颊更显清瘦而淡白，她很抑郁的神情，秋波逗了仲林一瞥凄怨的目光，低低地叫了一声孔先生。仲林不知她到底是为什么而来的，遂低声问道：

"你的病完全复原了吗？"

"我全好了。"

"你为什么不在家里多休养休养？此刻到学校有什么事情吗？"

"我心里很不放心你，所以特地来看望你的。"

安琪听他这样问自己，遂显出很难受的神气，温情地说。仲林起初听了这话，倒是不禁为之愕然。但仔细一想，方才知道她是怕引起自己的伤心，所以用另一种方式来回答这两句话。一时深感她病才初愈而这样多情地关怀着自己，遂脉脉含情地望了她一眼，却是没有作答，颓伤地摇摇头，忍不住深深地叹了一口气，眼皮几乎又要润湿起来。安琪走近他的身旁，纤手按到他的肩胛上去，轻声安慰他说道：

"事到如此，又有什么办法呢？十三日那一天，你要如肯听从我的劝告，也许他们此刻已在这儿过日子了呢！"

在仲林的心中，刚才已经对于这一点表示悔恨，如今又被安琪一提起，他心头益发感到无限的歉疚和悲痛，因此满眶子眼泪再也忍熬不住地流了下来，哽咽着说道：

"我想不到战争会发生得那么快，就是我听从你的话，写信去叫他们到北平来，在你府上暂时躲避一下，我猜想他们也不见得会马上动身就来的。所以这个劫数，他们却再也逃不了！"

"我希望你一家人安安全全的没有遭到意外的惨变，吉人天相，老天一定会保佑他们太太平平的。所以你也不必过分的着急，因为徒然悲伤，也是没有什么用的。"

安琪见他满面是泪，女孩儿家心肠本是软弱弱的，因此眼皮也红了起来，用了虔诚的口吻，颤抖地说。仲林叹息道：

"这希望是多么的渺茫呢！想鬼子惨无人道，到处杀人放火，可怜我们东北同胞哪一个能逃得了他们的残杀？所以我恨不得飞回故乡，去瞧瞧我年老的爸爸。"

"但事实上怎么能够呢？恐怕交通已完全断绝了吧。"

安琪颦锁了翠眉，低低地说。她的明眸偶然见到写字桌上放着的那张诗笺，遂走上去拿来看了一遍。见第一首中所说，无非是战事突然发生，仿佛晴天霹雳，东北人民将在敌人铁蹄下，受尽痛苦而死的意思。第二首中是在忧愁他家里的父兄等人，生死尚未知道。第三首内是在哀悼曾厅长全家殉难，他主要的当然是伤心未婚妻曾静的意思。再看第四五两首的诗句，她的芳心顿时像小鹿般地乱撞起来，淡白的两颊，也会透现了一层焦急的红晕，回身望了仲林一眼，关切地问道：

"孔先生，你……你……难道预备当兵去吗？"

"是的，我和有义都有这个志愿，我们要替东北的同胞报仇去！"

仲林涨红了脸，怒气冲冲地回答，他脸上是显现了杀气腾腾的样子。安琪走上去，紧紧地握住他的手，点点头说道：

"你真有血性，你真有勇气！不过，你是一个手无缚鸡之力的读书人，你如何有能力捎了枪杆子去打仗呢？所以我劝你不要太性急，凭一时之勇，去做无谓的牺牲，那是太可惜了。因为你将来的才干，绝不是这一点子临阵冲锋的小才。我希望你努力学业，在艰苦之中力求深造，那么将来可以成为国家的栋梁，希望你能够创造一个新的中国！"

"你……你……所说的真所谓远水救不得近火，瞧我们的家乡已被敌人毁了，瞧我们的同胞已被敌人残杀完了！你还叫我不要太性急，难道等中国完全亡于敌人之手再起来反抗吗？那时候再性急恐怕也来不及了。"

安琪被仲林声色俱厉地抢白了顿，一时满面羞愧，连耳根子都几乎红了起来，这就双泪交流地说道：

"我并不是叫你不要爱国，我的意思，你应该留着有用的身子，将来好好地替国家干一些更重大的工作。孔先生，上前线去杀敌，这也不是一件容易的事，况且你大材小用，岂非是国家的损失？"

"哼！你把我当作什么了不起的人才看待呢？我现在心中，并不希望将来做大事，掌大权！我的心中是只希望能够杀死一个敌人，那么我纵然是粉身碎骨，死亦瞑目了。假使我们四万万同胞，个个人抱了一个换一个的决心，老实说，小小三岛之地的倭奴，不是早就灭种了吗？那么我们堂堂的中国，也就再不会时常地受到矮子的侵略和侮辱了！"

仲林冷笑了一声，他心中真有无限的愤怒和隐痛，遂握紧拳头，激昂地说，他仿佛马上就得跟敌人去拼命的样子。安琪因为本身是个官家之女，所以听了仲林的话，益发感到有些羞愧，遂叹了一口气说道：

"你的话固然很不错，但现在时代不同，绝不是凭气力大人数多就可以取胜的。在这科学昌明的时代，一切都用机械化来称霸于世的。我以为你一无军事知识倒也不要说它，单凭你光着两手去杀敌，恐怕也是白白地送命吧！"

"那当然，我在事先当然也有个考虑，所以我和有义已经决定了主意，预备马上投考军官学校去！"

仲林点点头，方才把他们的计划说了出来。安琪凝眸含颦地瞟了他一眼，低低地说道：

"不过你们此刻去插班，恐怕学校里已不收学生了吧？"

"也许有义他有办法的。"

安琪这句话听到仲林的耳朵里，他心里虽然也感到有些忧愁，不过他还并不表示绝望地回答。安琪沉吟了一会儿，说道：

"假使你们到了没有办法的时候，我也许可以给你们想些办法。"

"哦！你……你……想什么办法呢？"

仲林倒是感觉着意外的惊喜，他情不自禁地去握住安琪的手，急急地问。安琪觉得他会自动地来握自己的手，这实在还是第一次，她芳心里不免荡漾了一下，遂扬了眉毛，微微地笑道：

"因为黄埔军官学校的教务主任张学海是我爸爸的换帖弟兄，假使你们一定要达到这个志愿的话，我可以跟爸爸去商量，请他老人家备一封介绍信，给你们带了去见张学海大叔，那一定没有什么问题了。"

"真的吗？那好极了，我想就拜托你帮我们一些忙好不好？"

仲林十分兴奋的表情，向她失求地说。安琪点点头，正欲回答，忽然眉尖一蹙，伸手摸着自己额角，好像有什么不舒服的样子，仲林遂奇怪地问道：

"你怎么了？"

"没有什么，忽然眼花头晕起来。"

"这是因为你病才好的缘故，大概站立得太久了吧！快坐一会儿，我这人真也糊涂，却没有招待你坐下哩！"

仲林听了，一面拉了她在椅子上坐下，一面很抱歉地回答。同时又在热水瓶里倒了一杯白开水，竟手忙脚乱地招待她起来。安琪虽然很喜悦，但也有些悲哀的意味，遂深长地叹了一口气，秋波逗了他一瞥哀怨的目光，低低地说道：

"这也怨不了你不招待我，你一见到报上的消息，知道未婚妻全家殉难，这不但你的方寸已乱，就是我们旁人也代为你感到伤心难过哩！况且我们是日常见面同学之间，其实原也用不到什么招待的。"

"常言道：东面到西面也是客，所以招待倒是我分内之事。"

仲林听她口里虽然说怨不了自己，但看她脸部的表情，就可以知道多少终有些怨恨自己的成分。总而言之，她对自己确实有一番痴心。仲林在今日的环境里，也由不得把她爱怜起来，这就含了笑容，表示十分温情地回答。安琪淡淡地一笑，却并不作答。仲林也在她旁边的那张圆凳上坐下，关切地问道：

"你此刻头还晕吗？我真对不起你，为了我的事，又累你亲自来关心我……"

"好一些了，这是病后没有力的缘故，所以多说话也会头

14

晕的。"

"那么你静静地坐一会儿，我不多劳你的精神了。"

仲林听她这样说，一时也只好这么地回答。两人默然了一会儿，但仲林心中是暗暗地盘算着，想不到她的爸爸和黄埔军官学校的教务主任是个拜把子，那么只要她爸爸肯帮忙，事情当然绝对不成问题。假使她爸爸是个不大肯管闲账的人呢？这……便如何是好呢？仲林想到这里，一时免不得又急了起来，他又情不自禁地说道：

"谢小姐！那么投考军官学校的事情，完全拜托了你，假使成全了我们的愿望，那叫我们真不知怎么的感激你才好。"

"事情在没有成功之前，你且慢慢地说'感激'两个字，等我回家去要求了爸爸，明天我来给你听回音好吗？"

安琪虽然心中很有十分的把握，不过她口里还是这么地说。仲林点头说道：

"只不过要你多出一些力量向老伯竭力地恳求，我想老伯看在你的面子上，一定会帮我们忙的。"

"这也不一定的，爸爸这人的脾气就是这个样子，他高兴的时候，什么事都肯帮人家的忙，不高兴的时候，那就麻烦了。"

"但愿他老人家今天晚上回家的时候，一定高高兴兴的，那就是我们的幸运了。"

仲林这两句话，安琪听了，倒是"扑哧"一声地笑了起来，秋波斜乜了他一眼，显现了无限娇媚的神态。心里虽然很想跟他说几句体己的话，但一时里却又不知该从哪一句说起才好，所以望着他英俊的脸，反而怔怔地愣住了一会儿。仲林恐怕她乏力，遂又说道：

"那么你早些回家去休息吧，我想明天你不必再劳驾来找我，我就到你府上来听回音好不好？"

"那也好，你明天什么时候到我家来呢？"

"放晚学以后，我和有义一同来吧！"

两人说话时，已站起身子来。安琪想了一下，回头说道：

"刚才我来的时候，见同学们都在大礼堂上开会，听说预备到街上去游行示威，激动政府抗日，看来明天也不见得会上课的。假使不读书的话，你们就上午来吧！在我家吃午饭怎么样？"

"可是，你不要太客气，最好是家常便饭。"

仲林为了要她出力帮忙，所以不敢拂她的情意，含笑回答，但又低低地叮嘱她。安琪见他对待自己的态度，完全和以前不同了，一颗芳心，当然甜蜜无比，遂笑盈盈地逗了他一个媚眼，说道：

"你放心，我绝对不和你客气，明天我拿青菜淡饭来招待你，你说好吗？"

"好极了，这个时候，家乡已沦于敌人之手，你就是给我吃山珍海味，恐怕我反而食之不能下咽哩！"

安琪说的原是一句戏语而已，谁知仲林却又无限感慨地回答了这两句话，大有愤然欲泪的样子。安琪知道他是一个有血性的青年，恐怕因此又勾引起他的痛苦，遂不再说什么，就跨步走出宿舍去。仲林只好匆匆跟出房来，一路送她到校门口，还给她讨了街车，直等街车拉了安琪消失了影子，方才又慢步地踱回宿舍来。谁知有义却在房内了，他手里正拿了自己刚才作的五首七绝低头细看，听了脚步声，抬头望了仲林一眼，低低地问道：

"你到哪里去的？"

"我送谢小姐回家去。"

"怎么？她来过了吗？"

有义表示很惊奇的口吻，向他急急地问。这时仲林的脸上，却略有喜色的样子，含笑告诉着说道：

"有义，我们投考军官学校的愿望可以完全不成问题，谢小姐她有办法能帮我们忙呢！"

仲林这些没头没脑的话，给有义听了，当然莫名其妙，一时愕住了表情，又急问他说的到底是怎么的一回事。仲林遂把安琪到来慰问自己，谈起投考军校的事，她愿意向爸爸去恳求出一封介绍信的话，向他详详细细地告诉了一遍。有义这才恍然明白，一时也欢喜十分，笑嘻嘻地说道：

"你这话可是真的吗？"

"难道我还有什么心思跟你开玩笑不成？"

"这真是天助我们达到这个志愿，那么安琪……她倒赞成我们这样干吗？"

"当初她原有些劝阻我的意思，不过她见我的意志甚为坚决，所以她反而给我想办法了。"

有义听他这样告诉，遂望着他神秘地笑起来，低低地说道：

"我想谢小姐在报上得知曾静已经惨遭不幸的消息，恐怕她那颗已死的心又会复活起来吧！不过她这一番痴心，你倒也应该爱怜她才好。"

"有义，你这话是什么意思呢？"

仲林因为有义在过去是绝对不赞成他去跟安琪谈恋爱的，今天听他忽然改变话锋反而劝告自己去爱安琪起来，一时当然十分惊奇。深恐有义是试探自己心的意思，所以他故意沉着脸色，很严肃地向他有些包含了责问的口吻说。有义却仍旧含笑道：

"你问我是什么意思，我的意思是，希望你能给她一些安慰，再不要冷淡她才好，因为我觉得谢小姐痴情得真是怪可怜的！"

"这话好像不是你口里说出来的，在过去你不是反对我跟她亲热吗？"

"唉！彼一时，此一时，在过去我所以反对你，是不希望你在三角恋爱圈子里自找烦恼和痛苦。我是为了爱护你，爱护曾静，而且也是爱护安琪的意思。所以叫你及早斩断安琪这一边情丝，其实也并不是我和安琪有什么怨仇的缘故。不过如今呢，曾静可怜已经是死于炮火之中了，那……在你……的心头当然是会感到空虚的悲痛，所以我希望安琪能填补你心中的空虚，她是个多情而美丽的姑娘，除了曾静之外，你不爱安琪，你还去爱护谁呢？"

有义微微地叹了一口气，遂一本正经地说出了这许多话来。仲林听了，一时感动到了极点，这就猛可扑上去，抱住了有义的脖子，竟是失声地哭泣起来了。有义拍拍他的肩胛，倒忍不住笑道：

"老大个子，怎么倒哭起来了？"

"有义，我永远可以爱的就是你！"

"哈哈！哈！怎么？难道你预备看中我做你老婆吗？"

仲林这句话听到有义的耳朵里，他虽然是哈哈地打趣着笑起来说，但他两眶子里也涌满了晶莹莹的热泪，这深厚的友爱，是多么伟大的表现呢！仲林低低地说道：

"男女间的爱，我认为多少还有些欺骗的成分，这和你那圣洁的友爱岂可以同日而语呢？"

"我们现在更变成患难中的苦命儿了，假使我们彼此再不深深地关切彼此的前途，那我们如何对得起自己的良心？又如何对得起已死的曾静呢？"

有义一提起了曾静，这叫仲林的热泪益发滚滚地落了下来。两人伤心了一会儿，有义把仲林身子轻轻地推开，指了桌子上放着的诗笺，说道：

"你的诗做得很好，不过我希望你以后少做这些伤心的工作，因为这些终是使人感伤的东西！"

"我想到父兄存亡未卜，曾静全家为国殉难，千千万万的同胞遭殃，我满腔的悲痛也只好在纸上吐露一些而已。"

"我们心中的悲痛，是只有切切实实去报仇杀敌，那么才会消灭的！否则，我们这一口怨气再也吐不出来。"

两人愤激地说了一会儿，方才走到大礼堂里来看同学们开会的情形。只见此刻校长先生对同学们正在训话，并劝导大家不要荒废学业，国家大事，当然政府会向日本交涉的。同学们听了校长的话，暂时忍耐了怒火，大家也只好回到教室里上课去了。

第二天早晨，各大中学的学生，竟聚集在中山公园，预备出发游行，因此清华大学自然没有上课。仲林、有义对于同学们的计划在昨晚原也知道，不过他们没有参加而已。仲林见时钟已敲十下，遂向有义说道：

"安琪昨天原叫我今天到她府上去听回音的，那么我们此刻一块儿去吧！"

"我不去了，你一个人去一次吧！"

"为什么你不去呢？反正你一个人在校里也没有什么事啊！"

"她爸爸答应不答应还没有知道呢！所以你先去一次，等她爸爸答应帮助我们了，我再去跟他道谢。"

仲林听他这样说，心中虽然不以为然，但口里却不好意思埋怨他，也只好怏怏地独个儿地到安琪家中来了。今天安琪的脸上，略为敷过了一些脂粉，所以并不像昨天见面时那样显着惨淡的颜色，红润润的颇有青春的美丽。她笑盈盈地露着雪白牙齿，很亲热地说了一句"你来啦"！接着说下去道：

"怎么张先生没有来吗？"

"他……有些头痛……所以叫我一个人来了。"

仲林当然不好意思把有义所以不来的实在原因向她明白地告诉，所以支吾了一会儿，才情急智生地圆了一个谎回答。安琪倒也并不注意这些，遂连忙请他坐下。这里小红丫头早又端上四盘糖果，两杯热气腾腾的玫瑰花茶。仲林很不安地说道：

"谢小姐，你又这么客气了，那可叫我真不好意思。"

"这是你自己说的，东面走到西面也是客，难道我能不招待你吗？"

安琪笑盈盈的秋波，脉脉含情地逗了他一个媚眼，一面在身旁另一张椅子上坐下，一面很俏皮地回答。仲林这就哑口无言，也只好报之以微笑。小红把果盘和茶杯在小圆桌上放下之后，便又悄悄地退出去了。仲林低低地问道：

"你那位大嫂没有在家吗？"

"她出去买一些东西，就回来的。仲林，啊！对不起！你允许我这样叫你吗？"

安琪一面抓了一把杏花软糖送到他的面前去，一面叫了一声仲林，她也不知道是有心的还是无意的，忽然又故作失口了的样子，羞红了粉脸，向他低低地问。仲林想到有义昨天对自己说的话，觉得有义真可说料事如神。因为安琪确实也是一个可爱的姑娘，真如有义所说，除了曾静之外，你不爱安琪，你还爱谁去呢？一时也微微地一笑，脉脉含情地望着她娇容，说道：

"其实同学们彼此称呼先生、小姐原也太客气，照理是应该大家叫名字的。"

"那么我倒要怪你了，既然你早已知道同学之间是应该叫名字的，那你为什么口口声声地叫我小姐呢？"

仲林想不到安琪会向自己责问了这一句话，因此望着她倒是又愕住了。安琪见了，乌圆眸珠在长睫毛里一转，扬了眉，得意地笑道：

"干吗不回答我？我要听你叫我一声名字，你叫呀！"

"无缘无故地叫唤你一声，那算什么意思呢？"

安琪这神情和话儿不免都有些乐而忘形，仲林倒被她弄得难为情起来，红晕了脸儿，反而赧赧然地回答。但安琪却鼓着小腮子，似乎有些怨恨的样子，说道：

"我知道我还没有够得上资格请你来叫一声名字呢！"

"这……是哪里话呢？安琪，你别那么多心吧！"

仲林心中一急，于是便脱口叫了出来。安琪听了，似乎感到无上的安慰，这就秋波一瞟，抿嘴咻咻地笑起来了。仲林见她竟痴心得那么神气，一时也颇为感动，由怜生爱地把她深深地嵌在心眼儿里了，便微微地笑道：

"我瞧你多高兴的，今天精神比昨天好得多了吧？"

"嗯！是好得多了，你瞧我面色怎么样？"

"比昨天略有一些血色。"

安琪不等仲林说下去，便益发笑出声音来了。仲林连忙问她笑什么？安琪逗了他一瞥妩媚的娇嗔，嗯了一声，说道：

"我又没吞服过仙丹，哪里就好得这么快起来？你不见我是涂上了一些胭脂的缘故吗？所以才显得有些红晕晕哩！"

"哦！原来如此，我实在没有知道。"

仲林假痴假呆地说，神情相当静穆。

"嗯！你没有知道？你原来也是个假老实……"

安琪雪白的牙齿，微咬着殷红的涂着唇膏的嘴儿，秋波瞅了他一眼，笑嘻嘻俏皮地说。仲林听了，也由不得笑起来了。一会儿，方又正经地问道：

"安琪，昨天你回家之后，可曾和你爸爸提起过我们这件事情吗？"

"说起过了，爸爸答应的，他说这一些小事，没有问题。不过这封介绍信，他要今天晚上回家时写好了交给我。"

仲林听她这样回答，自然满心眼的欢喜，遂扬眉得意地向她拱拱手，表示道谢的意思，说道：

"这是全仗你的大力，叫我们心里永远地记住你的热心帮助！"

"穿了西装拱手那可不太合式，我瞧你还是站起来跟我鞠个躬吧！"

仲林见她掀着酒窝儿，笑盈盈地说，知道她无非是嗔怪自己不该太多礼的意思，所以故意这么取笑自己的。一时也忍不住好笑，有些情不自禁地说道：

"鞠躬我倒不情愿，要么跪下来向你磕个头！"

"那我可不是你的未婚妻，怎么能接受你的磕头？"

安琪情不自禁报报然地说出了这两句话，但既然说出了口，立刻又觉得失言了，回眸见仲林的脸，果然浮现了一层浓霜的样子。这就皱了双眉，低下头来，抱歉地说道：

"对不起！我不该引起你的伤心来了。"

"唉！"

仲林只叹了一口气，却没有作声。

"天灾人祸，真是没有办法所能挽回的事情，你也看开一些吧！只要你将来能成为一位民族英雄，与东北的同胞报仇去，我想曾小姐在天之灵，多少也能得一些安慰了吧！"

安琪平静了脸色，方才一本正经地又向他安慰了这几句话。仲林点点头，望了她一眼，这热情的目光中是包含了感谢她的意思，说道：

"是的，我希望能够达到杀敌的志向，即使我粉骨碎身，我也瞑目九泉了。"

"不！不！我相信你一定会踏上成功的道路！"

"要如我真有这么的一天，我一定不会忘记你对待我的好处。"

安琪听他这样说，一时芳心中也不知道是喜悦还是悲酸，她的明眸里竟扑簌簌地落下眼泪来。仲林明白她是因为在绝望之余忽又得到可爱的温暖，所以喜极而泣的意思。一时深感她痴心得可怜，遂不由自主地站起身子，走到她旁边，按了她的肩胛，低低地说道：

"安琪，不要伤心，过去，你应该谅解我的苦衷，但现在，你更应该可怜我的悲痛！"

仲林说到这里，几乎连自己也要流下眼泪来了。谁知这时候忽然一阵子咯噔的皮鞋声，只见月华拿了大包小包笑盈盈地走进室中来。她一眼瞧见安琪满颊是泪，这就哟了一声，说声孔先生太不应该了，我们姑娘才病好呢，你就来欺侮她了！仲林听了这话，又急又窘，红了脸，一时不知怎么回答才好，呆若木鸡似的怔怔地愕住了。

第二回

安琪所以淌眼泪，是因为想到过去失望的伤心，她觉得仲林此刻会对自己柔情蜜意地说出了这些话来，那在自己仿佛是第二世做人一样，所以她这两行热泪，多少还包含了一些喜欢的成分。不料刚从外面回家来的月华，她不知道其中的原因，就向仲林笑嗔着埋怨。当时安琪见了仲林受窘的态度，心中大为不忍，遂连忙收束了泪痕，秋波望了月华一眼，低低地说道：

"嫂嫂，你不要胡说八道，他没有欺侮我呀！"

"哦！哦！孔先生，对不起！我冤枉了你，但不知者不罪，请你原谅我吧！"

月华慌忙哦哦地响了两声，一面在沙发上放下手中的大包小盒，一面逗了仲林一瞥神秘的媚眼，笑盈盈地道歉。仲林方才把受窘的态度缓和一些，一面退到自己坐的椅子旁去，一面也含笑说道：

"大嫂子，你真会说话，在买什么东西吗？"

"是的，因为天气慢慢冷起来，我买两磅绒线和几件衣料。"

月华听他忽然叫自己为大嫂子了，一时暗暗明白，知道他和安琪表示接近了的意思，因为从前他是称呼自己为密昔司谢的。本欲取笑他几句，但终觉不敢过分冒昧，遂含笑点点头，仍旧一本正经地回答。一面把大包小盒透开来，取出两磅绒线，递到安琪手里，问道：

"妹妹，你爱这青灰的颜色，还是这苹果绿的颜色？你拣一磅，剩下的给我。"

"我拿青灰的好了。"

安琪乌圆眸珠一转，她竟伸手去拿取这一磅青灰的绒线。这在月华心中倒是出乎意料之外，不禁咦了一声，笑道：

"怎么你的脾气改变了？你不是向来爱鲜艳的颜色吗？为什么今天却拣这一种素净的颜色了？"

"我觉得青灰的比较文静一些，嫂嫂，莫非你这颜色预备自己要的吗?"

"我倒无所谓，不过我年纪大了，穿太鲜艳的颜色会让人笑话的。好在明儿有空的时候，我可以到百货公司里去调换的。妹妹，那么这两件衣料的颜色，你也来拣一件吧！"

月华说着话，又把衣料取出来给她瞧看。安琪见料子是一样的，花纹也是一样的，只是颜色不同，一件紫红印黑花，一件墨绿印黑花。于是便取过一件紫红的，向仲林望了一眼，含笑问道：

"你瞧，这一件好吗?"

"颜色这一件漂亮，正配你们年轻人穿的。"

"好！我就拣这一件吧！嫂嫂，你舍得吗？"

安琪听仲林这样说，便逗了月华一个媚眼，笑嘻嘻地说。月华原是一个绝顶聪明的女子，她见安琪把衣料仍旧拣鲜艳的一件，心中这就有五成猜到了，遂也笑着说道：

"这件墨绿的原是剪来我自己穿的，这件紫红的本是代你拣选的，那我如何会不舍得呢？只是你拣的那磅绒线的颜色，我真是做梦也想不到的事情。莫非妹妹不预备自己穿，想送给朋友去吗？"

月华说到末了，秋波又向仲林斜乜了一眼。在安琪的芳心中，真是把月华佩服得了不得，暗想：嫂嫂这人好比 X 光似的，就像竟真的会照射到自己心眼儿里似的，一时两颊也就忍不住像桃花般地娇红起来。不过她为了怕难为情，所以表面上还不肯承认，说道：

"嫂嫂，你又胡猜了，我还送给什么人去？当然是我自己穿的。"

"就是你要送给好朋友，那也没有什么关系的，你何必这样着急呢？孔先生，你说我这话对不对？"

仲林见她说到后面，又来问自己，遂也含笑点头，并不作答。不过心中却在暗暗地想道：照月华所说，安琪平日是爱漂亮的颜色，这当然是小女孩儿家的天性如此，原也不足为奇。但所奇怪的，安琪为什么把绒线要拣得那么素净颜色呢？难道正如月华所猜她预备送给我吗？仲林这样想着，全身一阵子热燥，两颊不由自主地也发烧通红起来。这时小红进来冲茶，月华遂命小红把衣料绒线等物，分开来拿到小姐和自己的卧房里去，一面移开了百灵桌旁的椅子，向仲林含笑说声请坐。她自己也坐了下来，伸手在烟罐子里又取了烟卷，递到仲林面前，接着很快地又缩回来，笑道：

"我忘了，你是不抽烟的，孔先生，听说你和张先生预备投考军官学校去么？"

"是的。"

月华自己划了火柴，吸着了烟卷。仲林点点头，只回答两个字，他皱了眉尖，似乎又勾引起重重的心事来了。月华并不理会他这一点，继续表示很同情的口吻，低低说道：

"这次九一八事变，你未婚妻曾小姐的一家，竟不幸地会全数遭难，这真是太使人感伤的了。"

"唉！"

"嫂嫂，你这人真……鲁莽，刚才人家为了这件事已经伤心了好一会儿，你怎么又来勾引他的悲哀了呢？"

安琪见仲林低头默然，只深长地叹了一口气，大有凄然泪下的样子，这就向月华逗了一个娇嗔，低低地埋怨。月华连忙安慰他说道：

"孔先生，事到如今，你徒然悲痛，也没有用处，只好撇开一些吧！我现在希望你的家里，但愿吉人天相，平平安安地十分安全，那就叫人很欢喜了。"

"是呀！我希望我家能够太平无事才好。"

仲林对于她这一番好意，当然不能不表示感谢的意思，于是点头回答。月华吸了一口烟，把烟圈子慢慢地喷去了后，望了仲林一眼，又低低说道：

"昨天妹妹回家，跟爷爷说起你们的事情，爷爷倒一口答应的呢！不过我的意思，你们的志愿和勇敢的精神虽然令人钦佩，但怕你们的身体会吃不起军队的苦生活，所以这倒是一个问题呢！"

"吃苦两字，我们是绝对不怕的，所忧愁的，就是不知道何年何月才能上前线杀鬼子去呢！"

在月华的意思，很想慢慢地打消他们投考军官学校的志向，预备拉拢仲林和安琪能够配成一对美满的姻缘。谁知道仲林却愤激的表情，很坚毅地回答，一时把自己劝阻他的话再也说不上来了。呆了一会儿，方才站起身子，说道：

"我到厨房里去看看他们午饭做好了没有。妹妹，你伴着孔先生谈谈吧！"

"我我……想……回去了，明天我再来向老伯拿取介绍信吧！"

"咦！孔先生，你和我安琪妹妹昨天不是约好在这儿吃饭吗？怎么一忽儿又要回去了呢？难道说我做嫂子的得罪娇……贵客了吗？"

月华听仲林说要回去，这就又回过身子来，显出奇怪的表情，瞟了他一眼，笑盈盈地说。她本来想说娇客，但到底觉得过分的取笑，叫他们都要受窘的，所以说到"娇"字，却缩住了话，又改说了一句贵客。安琪是懂得嫂嫂在取笑仲林，虽然十分的羞涩，不过却也十分的喜悦和甜蜜，遂望着仲林，温情地说道：

"已经近十二点钟了，你还客气什么呢？"

"那么你们也不要太客气，随便什么小菜都行的。"

仲林这才把站起的身子又坐了下去，低低地回答。心中暗想：原来她们姑嫂之间比姊妹还亲热呢！安琪简直把什么话全都跟她嫂子说的呢！否则，月华如何知道我们约好在这儿吃饭的？月华见他答应了，方才含笑走出会客厅去。这里安琪陪着仲林坐下，她亲自剥了一块杏仁软糖，送到仲林面前，柔情绵绵地说道：

　　"仲林，你们到军官学校去读书，我希望你常常跟我通信，就是你在外面另有了知心好朋友，我也希望我们始终还是一个朋友。"

　　安琪说到末了，她的话声有些颤抖，包含了凄凉的成分。仲林见她连眼皮都红了，一时感觉她的痴心，真有些可怜，遂也诚恳地说道：

　　"安琪，你别那么说，这个年头儿，想我的身世，已经是家破人亡，我如何还会在外面再跟女人谈情说爱呢？那我岂不是成个丧失心肝的人了吗？"

　　"假使放暑假放寒假之后，请你不要避什么嫌疑，你跟张先生只管到我家来耽搁，我是绝不会讨厌你们的。"

　　安琪听他这样回答，芳心里自然无上的安慰，遂脉脉含情地望着他，又说出了这几句话。仲林点头答应，说我们一定会住到你府上来。两人谈说了一会儿，小红已开上饭菜，月华跟着进来，把桌上糖果盘子和茶杯搬移到茶几上去，向仲林问道：

　　"孔先生喝什么酒？"

　　"谢谢你，我不会喝酒的。"

　　"你上次在我家不是喝了一些葡萄酒吗？这是不会醉人的。

我想今天你也喝些葡萄酒吧！"

"我实在一些也不会喝酒，还是你们自己喝好了。上次我也不过是应个景儿罢了，况且这两天心境又很不好。"

"大家不会喝酒，我们还是实惠些吃饭吧！心境不好，喝酒也不相宜，嫂嫂，你就别和他客气了。"

安琪恐怕他喝了酒后，又会想起伤心的事情而感到难过，所以向月华丢了一个眼风，低低地说。月华会意，遂不再客气，大家坐在桌边，便静静地吃饭了。安琪别的不会说，只有夹了菜，连连请仲林多吃一些。月华随机应变地却又说了一些笑话，所以这一餐饭倒也并不吃得怎的寂寞。

饭毕，小红又送上香茗，拧上手巾。安琪因为怕他一个人坐在会客室里嫌冷清，所以她也并不回房去梳洗，就在客室内马虎地擦了一把手巾。但仲林坐了片刻，却要告别回校，说给有义回音去，别让他等了心焦。安琪道：

"那么这封介绍信你明天来拿吧！"

"好的，我明天再来。大嫂子，我走了。"

"孔先生，你明天什么时候来？"

"我想晚上来，也许老伯在家里了。"

"与其晚上来，还是下午来，难道这一餐晚饭我家就吃不起吗？"

月华挺干脆的，笑嘻嘻说。安琪也请他下午就来，仲林遂答应了，方才匆匆告别走了。

回到校中，一步跨入宿舍，谁知有义却躺在床上睡得正熟。一时心中暗想：这家伙倒是高枕无忧，难道一些心事都没有吗？

正欲伸手去推他身子，忽然见他枕旁落着一张相片，拿来一瞧，见是一个满头白发的妇人，认得这是有义的母亲，而且相片上还展露了几点泪水。这才知道有义一个人在感怀着思亲之痛，一时想起了自己的爸爸，只觉一股子悲酸触入鼻端，两行眼泪便也滚滚地掉了下来。就在这时，有义却惊觉过来，睁眼一见仲林，便一骨碌翻身坐起，惊奇地问道：

"咦！干吗？一个人又在哭泣了？"

"因为你哭过了，所以我也哭起来。"

"你怎么知道我哭过的？我向来就不爱哭的。"

"别瞒人了，瞧这照片上还留着你的眼泪呢！"

有义被他这么的一语道破了，因此也就默然了，微微地叹了一口气。过了一会儿，才想到了什么似的，望了他一眼，问道：

"安琪的爸爸肯不肯给我们写介绍信呢？"

"肯的。"

"信呢？"

有义不等仲林说下去，就伸手急急地问。仲林遂把安琪告诉她爸爸要今天晚上才写了来的话，向他说了一遍，并说道：

"明天下午，你总该和我一块儿去一次了。"

"今天我本来也要去的，都是为了你，所以我才让你一个人去的。"

仲林见他一本正经的模样，认真地说，一时倒弄得莫名其妙起来。遂怔怔地愕住了一会儿，皱了眉尖，问道：

"你这话是什么意思？难道我阻止过你不要去吗？其实你刚才不肯一同去，我心里还有些恨你太没诚意呢！"

"啊！被你这么一说，那你真是狗咬吕洞宾了。因为我知道你今天到她家里去，安琪对你一定有许多体己的话要说。假使有我在旁边，那就多么的不方便，所以我才不去的。你想，这还不是为了成全你们吗？"

有义"啊"的一声叫起来，他方才絮絮地说出这些话来，脸上倒又显现了一丝有趣的笑容。仲林这才恍然大悟，一时觉得有义真不愧是我生命中第一个知己，不禁红了两颊，倒是默无一语了。有义见他放下手中照片，慢慢地坐到他自己的床边去，遂把母亲照片藏入怀内，望着仲林，又含笑问道：

"安琪今天对你的态度，一定是分外的亲热，对吗？"

"……"

"我希望你能够完全接受她的热情。"

"可是，我心里怎么对得起曾静呢？"

"你别说傻话了，曾静假使没有惨遭不幸，那你另爱别人，这才对不起她的。现在曾静已经为国殉难了，你到底不能为她终身不娶呢，况且你们究竟没有订过什么嫁娶的婚约。就说你们是结过婚的吧，世间上续弦的也不知有多多少少呢！在东北事变之前，你在安琪跟前，能够承认曾静是你的未婚妻，我以为你已经很对得起曾静了！"

有义所说的完全是合乎人情上的道理，仲林听了，自然无话可答。不过他想到自己和曾静五六年来的情义，以及种种的恩爱，若和安琪这短短的日子认识相较，当然是及不来万分之一，所以他无限悲痛，泪水又滚了下来。有义接着说道：

"我以为你将来终要结婚的，与其另娶别个女人，那当然还是跟安琪结成一对，比较幸福。并不是说安琪是财政厅长的女儿，我就说她好，因为我觉得除了曾静之外，安琪确实也是个有血性的好女儿。"

"我想这年头根本谈不上结婚两字，匈奴未灭，何以家为？倘若今生不能为国杀敌，光复河山，那我们还有什么结婚的日子呢？"

"这也不能如此而说，为国杀敌是一件事，结婚也是一件事。假使个人为了忧愤国家的被外人侵略，而大家不结婚，那么中国不是更加要绝种了吗？绝种比亡国更危险，因为绝种是永远没有存在了。至于亡国呢，假使民心不死的话，当然还有翻身日子。所以我说制造小国民，也未始不是强国之本，而且也是人民应尽的责任。"

仲林听有义所说的虽然近乎有些笑话的成分，但仔细想来，确实也是入情入理的话，遂向他望了一眼，扑哧地笑道：

"那么你也应该早些去找一个对象，来尽国民的责任吧！"

"我……当然也这样想啰！不过人家看中我的，我看不中人家。我看中人家的，人家却看不中我，这真不是一件容易的事情。"

有义说完了这几句话，他忍不住哈哈地笑起来了。仲林知道有义的理智胜过于情感，所以他不大容易跟任何女子发生爱情的。况且他有他的抱负，他实在是个了不起的人才，因此心里也格外深深地敬仰着他了。

安琪、月华送仲林走后，两人进屋子里。月华向安琪瞟了一眼，神秘地笑了一笑。安琪问她笑什么，月华低低地说道：

"妹妹，我想孔先生的未婚妻既然是死了，那么他对你当然也会生出爱情来了吧！"

"我不知道，你谈这个干什么？"

安琪红晕了娇靥，秋波斜乜了她一眼，赧赧然地回答，似乎有些嗔意的成分。月华微微地一笑，便管自地回到卧房去了。这里安琪也回到自己的卧房，她见沙发上放着绒线和衣料等物，遂把那磅青灰色的绒线取来，呆呆地想了一会儿心事。这时小红齐巧进来，安琪遂叫她伸了两手，套着绒线，自己把绒线一圈一圈地缠成了圆圆的好几团。小红见小姐拿了竹针，系上了绒线在起头儿，遂含笑问道：

"小姐，你预备编结什么呀？"

"我想编结一件马甲，你给我到奶奶房中去问一声，大少爷的马甲大小是结几针的？"

小红答应了一声，便匆匆地走出房去。不多一会儿，月华笑嘻嘻地走进来了，她在安琪坐的长沙发上一同坐下，神秘地问道：

"妹妹，你叫小红来问你哥哥马甲的大小干什么呀？"

月华这句话倒是把安琪问住了，她的粉脸，马上像海棠花那么的娇红起来，娇羞万状的意态，赧赧然地逗了她一瞥媚眼，支吾地笑道：

"你别取笑我，我就告诉你。"

"你不告诉我，我也早已明白得很详细了。否则，你如何会拣那一种青灰的颜色呢？不过，我刚才既然已经猜到你要预备送给好朋友，可是你为什么还要一本正经地赖呢？"

“人家假使承认了，那是多么难为情哩！”

安琪一面说，一面倒向月华怀里，却把粉脸在月华胸前躲藏起来。月华却忍不住哧哧地笑起来，抱了她的娇躯，说道：

“此刻孔先生又不在房中，你在自己嫂嫂的面前，别那么怕难为情吧！”

“那么你不要老是取笑我。”

“阿弥陀佛，这真是天地良心，我几时曾经取笑过你？老实说，你嫂嫂的心里，也巴望不得你们能够要要好好、亲亲热热、恩恩爱爱地成功一对哩！”

“嗯！我不要，我不要……”

安琪听她这后面几句话分明又在取笑自己了，这就嗯了一声，滚在她的怀内，又像孩子似的撒娇起来了。月华的胸部被她揉擦得痒丝丝的，忍不住一面咯咯地笑，一面扶着她的身子，告饶着说道：

“好妹妹，算我不是，你饶了我，我们谈正经的吧！”

“瞧你说得怪可怜，我就饶了你。”

安琪坐正了身子，一手理着披散的云发，一面逗了她一瞥妩媚的娇嗔，可是她嘴角旁却早又哧的一声笑了。月华也笑道：

“我真也有些糊里糊涂的，其实我就根本没有一些错，为什么要向你讨饶呢？那可不是奇怪？”

“好嫂子！你没有错，算我错了，那总好了吧！”

“嗯！你这两句话才叫我听了心平气和。正经的，我告诉你，你哥哥前儿那件马甲是粗绒线编结的，所以只要二百四十针够了。可是现在我们买的细绒线，恐怕就要结二百八十针大了。况且孔先生的身子，比你哥哥要强壮一些，过分小了，就不大好看了。"

月华这才一本正经地向她低低地告诉。安琪点点头，说我就编结二百八十针的大小吧。月华又悄悄地问道：

"要不要我帮着你一同编结？否则，他们若在两三天之内就要动身，恐怕你也来不及赶制呢！"

"你肯帮我编结，虽然很好，但针头有紧有松，两个人的结法不同，只怕很不好看，你说是不是？"

"我来想一个办法，哦！有了，马甲的前胸心和后背心我们可以结成两种花纹，前胸心你自己编结，后背心我来编结，因为花纹不同，针头的松紧，也就看不大出来了。好在两面两样花纹，现在是很时髦的，你以为怎样？"

安琪对于嫂嫂这样热心地帮助自己，她当然是非常的感激，这就偎着她肩头，紧紧握着月华的手，含笑说道：

"嫂嫂，你这办法想得好极了，可是费心了你，叫我真不好意思。"

"啊呀！自己姑嫂之间，你还说这些客气话干吗？只要你们明儿结婚的时候，多给我喝一杯喜酒，也就是了。"

"瞧你这人说说又说到歪路里去了，我可不依你！"

安琪虽然是感觉到满心眼儿的甜蜜，但表面上终有些难为情，红晕了粉颊，秋波逗给她一个妩媚的娇嗔，恨恨地说。但月华却又笑道：

"男大当婚，女大当嫁，这是再正当也没有的终身大事了，怎么说是歪路里去呢？"

"算你会说话！唉！"

安琪白了她嫂子一眼，笑着说。但过了一会儿，却又微微地叹了一口气。月华见他一会儿笑了，一会儿又叹气了，这就感到很奇怪，遂低声问道：

"好好的，你为什么又要叹气了呢？"

"我听你说的话，似乎太稳一些了，也许还是个不成功，所以我觉得……"

月华见她颦锁翠眉，大有凄然欲泪的样子，说到后面，却垂下粉脸，又不作声了。月华觉得这孩子真痴心得可怜，遂拍拍她肩胛，安慰她说道：

"好妹妹，你不要难过，我一定会尽力帮助你，使你们成功一对美满的姻缘。别傻了，竹针再拿一副出来，我来帮你编结吧！"

安琪觉得自己是个没有了慈母的女孩子，是全靠嫂子能体贴入微地安慰自己，要不然女孩儿的心事，若要亲自跟爸爸去说出来，这到底是太以难为情了吧！所以她的芳心里益发感激月华，觉得月华所说的尽力会帮助自己，她一定有切切实实的办法想出来。因此很听话地站起身子，又拿了一副竹针给月华，姑嫂两人便静悄悄地各自编结仲林穿的绒线背心了。

傍晚的时候，安琪的爸爸启棠和哥哥守仁都回家来了，月华、安琪遂放下活针，一同到书房里来。启棠在怀内取出一封信来，交给安琪，说道：

"这封介绍信写好了，你两个同学来过了没有？"

"今天上午刚来过，他说明天下午再来，要亲自向爸爸道谢。”

安琪把信接在手里，向她爸爸含笑回答。启棠点点头，伸手拈了他人中上的八字短须一下，也微笑着说道：

“道谢倒也不必，但我原也想瞧瞧他们的人，这两个孩子倒很有一股子血气。明天留他们吃了晚饭走，我可以早一些回家的。”

“本来爸爸的架子也太大一些了，那天我叫你中饭在家里吃，可是你偏又到外面应酬去，人家想见见你，真是比请见大总统还不容易哩！”

安琪噘了小嘴儿，逗了爸爸一个娇嗔，生气地回答，大有怨恨的样子。启棠吸了一口雪茄，忍不住哈哈地笑起来，说道：

“哦！哦！那天你请两个同学在家吃饭，原来就是孔仲林和张有义吗？”

“是的，就是他们两位呀！爷爷，这两个同学都是挺英俊的青年，我说他们将来倒是个国家的好人才！”

月华在旁边，趁此机会，也就插嘴笑着告诉。守仁坐在沙发上，原拿了一张晚报在瞧阅，听他妻子说话，遂放下报纸，望了月华一眼，含笑问道：

“这个叫孔仲林的，我妹妹和他不是很说得来吗？”

“是的，孔先生比那个张先生更生得英俊，而且才学又好，中英文都很有研究。爷爷，假使孔先生做了我家的姑爷，那和我们姑娘真是一对郎才女貌的玉人哩！”

守仁所以知道安琪和仲林很要好的事，也是月华在枕边告诉他的，因为夫妻之间，各人所晓得的事难免都要说出来的。当时安琪听嫂嫂说出这两句话，虽然明白这就是她在尽力帮助自己了，不过自己坐在旁边听了，终觉得有说不出的难为情。这就绯红了娇靥，故作怨恨地说了一声："嫂嫂！你别胡说八道了。"她便站起身子，回到自己的卧房里去了。启棠见她去远，便含笑问道：

"月华，你知道安琪和孔仲林真的很有感情吗？"

"当然真的，假使他们没有感情的话，我也不敢这样冒昧地就说这些话呢！爷爷，据我所知道，安琪妹妹对孔先生确实很痴心，不过孔先生的人才也确实太好了。所以我的意思，请爷爷玉成他们一对吧！"

月华很诚恳的表情，索性向爷爷代为安琪请求起来。启棠连吸了两口雪茄，慢慢地吐去了烟圈子，沉吟了一会儿，说道：

"女孩儿年纪大了，本来也应该配一个婆家才好。不过现在时代不同，况且安琪又在大学里念书，婚姻大事，当然不能像过去完全由父母做主了。因为现在都闹着自由恋爱，所以我做爸爸的也一向没有提到这个。如今安琪既然自己看中了，那我当然也表示赞成的。不过听你们说孔先生是个东北人，那么他的家庭自然也在东北，现在东北发生了惨变，他的家庭难免也被毁灭。那么安琪嫁给了他，以后的生活问题，倒也不能不考虑一下。所以这一点，安琪不知道可曾想到过吗？"

"爷爷，安琪妹妹的思想是很新颖而前进的，她当然绝对不会因孔先生的贫穷而不爱他了。因为她曾经对我说，一个女子嫁人，就是嫁一个人，并不是嫁给万贯家财。只要人才好，那么将来难道还怕饿死不成？再说爷爷是个有地位的人，凭爷爷的财力和势力，我不相信把孔先生会提拔不起来吗？所以这问题，我可以代表安琪妹妹说是绝对没有关系。"

"哈哈！月华，你倒在给安琪做法律顾问了。"

"爸爸，妹妹既然痴心地爱上了孔先生，那么你老人家还是成全了他们吧！"

守仁虽然在外面难免也花天酒地，不过他对于家里这位娇妻也很宠爱的。因为自己妻子在竭力帮着妹妹说话，他为了要讨好月华起见，所以也向爸爸插嘴怂恿着说。启棠笑了一笑，点头说道：

"我不是也说很赞成吗？不过，孔先生的志愿是预备赴前线杀敌去的，那么安琪嫁了他，将来的危险性会不会太重了？"

"这……个……"

启棠这两句话倒是把月华问住了，一时回答了"这个"两字，却又沉吟了一会儿，没有再说下去。就在这当儿，小红进来报告，说晚饭已开在会客厅里，请老爷、少爷、奶奶可以去用晚饭了。因为不见安琪，便忙问小姐在哪儿？启棠说在房中，你去叫她来吃饭吧！一面说，一面与守仁等走到会客厅里来了。

会客厅里一张红木的圆桌子，已放了六菜一汤。启棠上座，守仁坐右首，月华坐下首，留了左首一个座位是给安琪坐的。不多一会儿，安琪笑盈盈若无其事般地走来了。她一面在左首坐下，一面说道：

"你们还等着我？"

"没有等你，我们也刚坐下呢！"

月华瞟了她一眼，笑嘻嘻地回答。安琪见她这笑的表情，颇

41

有神秘的意思，芳心这就暗想：莫非她已跟我爸爸提起过婚姻问题，也许爸爸答应了吧？安琪这样想着，两颊便有些发烧，因此低了头，只管默默地吃饭。大家静悄悄地没有说话，过了五分钟后，启棠才向安琪微笑着说道：

"据你嫂子说孔先生是个好人才，而且你们的感情也很说得来，我想只要你们彼此喜欢，做爸爸的倒也没有什么意见。不过我把你养得那么长大，对于你终身的幸福，自然也不能不加以考虑和关切。因为孔先生的志愿在为国杀敌，那么当然免不了要上阵打仗，我以为这未免有些危险吧？"

安琪听爸爸开头几句话，心中倒是一阵子喜欢，只觉有些甜蜜的意味。但听到后面的时候，她立刻又怨恨起来，这就皱了眉尖，她也无非是为了一片痴心，所以也顾不得羞耻的，恨恨地说道：

"照爸爸所说的，那么从军的人就永远讨不着女人的了。"

安琪说完了话，齐巧那碗内的米粒也所剩无几，所以她划入口里之后，也不再吃菜，很快地站起，愤愤地奔回到卧房里去了。月华和守仁忍不住都笑起来，启棠却微微地叹了一口气，说道：

"这孩子真也痴心，我也并没有说不肯答应呀！她何苦生这么大的气呢？她不是还只有吃一碗饭吗？唉！才病体好一些，开了胃口，又赌气饿肚子了，回头饿坏了身子可又叫人着急。小红！你快把饭菜盛一些到小姐房中去吧！叫她饭只管吃，一切事情，都没有问题的。"

"爷爷，你也别急，我说这时候不用再端饭菜去，就是端了去，她也未必肯吃的。反正回头她饿了又可以弄点心给她吃，我瞧爷爷对于这头婚事倒还是答应了吧！"

"答应，答应，我本来就答应的呀！"

启棠急急地回答，他是显现了一副尴尬的面孔。月华笑了起来，说道：

"那就没有事了，包在我的身上，会把妹妹哄得高高兴兴的。爷爷，我的意思，让我明天跟张先生先来谈起这头亲事，我和张先生就算男女方的大媒，你说这办法好不好？"

"好！好！只要你们去办成功了，还有什么不好的呢？"

月华听了，欢喜十分，遂匆匆吃毕晚饭，走到安琪房中来了。只见安琪坐在灯下的沙发上，一面编结着绒线，一面偷偷地伤心着落眼泪。月华忙在她身旁坐下，拍拍她的肩胛，笑嘻嘻说道：

"好妹妹，快不要伤心了，你这一下子纱帽可掼得真有力量，爷爷一切都答应了呢！明天我来做媒，先向张先生吐露一些意思，请张先生做男家的大媒，去跟仲林说明白了。假使大家没有问题，在他们离开北平之前，可以先给你们订一个婚哩！妹妹，你现在心里终可以感到欢喜了吧？"

"……"安琪有些将信将疑，低头不答，仍旧自管自地结绒线。

"咦！你为什么不回答我呀？难道我这个消息告诉了你，你还不欢喜吗？"

"你说的是实话，还是哄骗着我？"

安琪这才抬起海棠着雨般的粉脸，逗了她一瞥怀疑的目光，赧赧然地问。月华呀了一声，笑起来说道：

"你又说孩子话了，这可不是儿戏的事，我怎么能哄骗你呢？当然是实实在在的话。好姑娘，你这些眼泪，该抹去了吧！"

月华一面说，一面伸了手指去抹她面颊上的眼泪。安琪这时候倒又怕难为情起来，娇艳欲滴地白了她一眼，却倒在月华的怀里也忍不住羞答答地笑了。

一宵无话，到了次日，月华吩咐厨房里今天多备了几只可口的小菜。然后她们姑嫂两人在这一上午的时间内，就静悄悄地赶制着绒线马甲。午后，他们仍旧手不停针地编结着。大家比着各人的花样看，研讨着该怎样结怎样编。时候竟也过得特别快，一忽儿已经快五点钟了。在北方的天气，到了入秋的季节，傍晚的时候，和日中气候相较，寒暑表往往会相差好多度。所以此刻晚风由窗外吹进房来，她们姑嫂两人也觉得有些寒冷。安琪取了一件羊毛短大衣，披在身上，一面向月华问道：

"嫂嫂，你要叫小红到你房中去拿一件短大衣来穿吗？"

"我自己去拿吧！"

"那么你也不要再编结了，今天我们已经结成了三分之一，明后天也这样不偷闲地编结着，我想也就差不多可以完成了。怪吃力的，你也该休息休息了。"

"为了我们姑爷的事而吃力，那也值得啊！"

月华笑嘻嘻地说，她站起身子，似乎坐得久了，也有些背酸，还用拳头轻轻捶了两记腰肢。安琪啐了她一口，伸手向她一扬，做个要打的姿势。月华咯咯地一笑，遂向房门外逃出去了。这里安琪一个人倒又暗暗猜疑起来，仲林昨天原说今天下午就来的，怎么直到此刻还不来呢？难道有什么事情发生所以分不开身吗？安琪正欲打电话去问他们的时候，小红却匆匆走进房来，说孔少爷、张少爷来了。安琪一听，这才放下一块大石似的安下心来，遂取了那封介绍信，急急地走到会客厅里来了。只见仲林、有义还站在会客厅内，并没有坐下，于是笑盈盈叫道：

"你们怎么直到这时候才来呢？快请坐吧！"

"今天同学们接受校长的劝告，所以我们照常上课的。老伯呢？还没有回家吗？"

"爸爸就可以回家的，这封介绍信昨晚他就交给我的。"

安琪听仲林这样告诉，遂也不再说什么，就把那封信交给仲林了。仲林和有义看了一遍，遂藏在怀内，一面很感激地向她连连道谢。就在这时候，月华已穿了一件天青色羊毛短大衣，她也闻讯走出来。仲林、有义见了，连忙站起招呼。月华把手一摆，笑道：

"你们站起来干吗？坐着，别客气。张先生，好久不见了。"

有义见她向自己说话，遂也含笑回答，一面和仲林在沙发上坐下。不料就在这时，启棠和守仁也回家来了，于是仲林、有义把刚坐下的身子，又不得不再度地站起来了。

第三回

　　仲林见那个年纪老的当然就是安琪的爸爸了，他虽然是个五十开外的人了，但身体很是健康，可说是大腹便便的，脸也并没有十分的皱纹，白净之中还显现着一层红光，精神饱满，气色很好。他身穿蓝袍黑褂，头戴阔边呢帽，人中上还留了一撮八字短须。他右手握了一根司的克，左手拿了一支粗粗的雪茄，正凑在嘴上吸着。因此可以见到他左手无名指上戴着一枚挺大的钻戒，分量至少在三克拉以上，这真是一副财政厅长的福相。旁边那个年轻的西服青年，却是瘦长的身条儿，大概就是安琪的哥哥了。这时谢启棠见到客厅内多了两个很英俊的青年，心中也早已明白，那就是孔仲林和张有义了，于是连忙把呢帽脱下。安琪早也含笑走上去，接过父亲的呢帽和司的克，一面指了仲林、有义两人，一面高兴地介绍道：

　　"爸爸，你回来了，我给你介绍，这位是孔仲林先生，这位是张有义先生。这是我爸爸，这是我哥哥。"

　　"老伯，我们来得很冒昧，请你原谅。"

"哪里哪里！请坐，请坐。"

有义比仲林要老练一些，他很有礼貌地鞠了一躬，低低地说。仲林随在后面鞠了躬，只叫了一声老伯，红着脸，却没有说话。启棠一面笑，一面让座，表示非常欢迎他们的意思。这时守仁也请他们坐，一面递上烟卷，有义、仲林连声道谢，说谢先生不要客气，我们不会吸的。安琪把呢帽、司的克在衣钩上挂好，回过身来，见他们大家都已坐下了，于是她也坐到月华的身边去，粉脸上却始终是含了甜蜜的笑意。仲林先开口说道：

"多承老伯费心，给我们写好了一封介绍信，使我们如愿以偿地能去投考，那真是叫我们十二分的感激。"

"不要客气，这是很便当的事情，那算不得什么费心。两位的志向远大，爱国的精神令人可敬，所以我预祝你们鹏程万里，将来前途真不可限量。"

启棠听他这样说，遂微微地一笑，也着实把他们嘉奖了一番。有义也连忙谦逊地说道：

"老伯说得我们太好了，真叫我们有些汗颜。可怜九一八事变发生，我们的家乡已成一片焦土，父母存亡未卜，思想起来，实是心痛。所以我们立志从军，虽不敢夸口说去为国效劳，但我们至少也得去报我们的私仇！"

"我想九一八事变，政府一定有妥善的办法。否则，那给予日本未免太便宜了，不费一兵一卒地得了我们出产丰富的东北，这我国的损失岂不是太巨大了吗？"

仲林、有义听他这样缓和地说，心中虽有些反感，但口里却连声说是。因为政府所谓妥善办法，就是向国际联盟提出交涉。

然而在这强权就是公理的时代，这口头上的交涉，又有什么用处呢？所以这个危机，实在是急不容缓，非立刻出兵跟日本决一死战才对。否则，是不能得到旁人同情的。但从这几天报上消息看来，政府绝对没有出兵的意思，一味地想委曲求全，以这得寸进尺的野心国家的心理，他岂肯就这样终止他的欲望而不再继续侵略呢？所以这几天报上有两派人发表言论，有的主战，有的主和。主战无非是激烈派，不甘受辱，所谓宁可玉碎，不愿瓦全。但主张谈和的一派，也有他们的道理，因为中国连年内战不息，现在方能统一天下，国内军实确已十分空虚，假使出兵跟日本打仗，这真是以卵击石，不堪一战。所以宁可暂时牺牲东北，第一先来整顿内部，然后和日本总算账。这缓和派的意思虽亦有理，不过生长在东北的同胞听了，当然大为反对。所以仲林、有义听启棠这几句话而表示不满的地方，也就是在这一点。大家沉默了一会儿，室内空气是非常静寂。安琪站起身子，于是去开了无线电，里面播送出来的是唱大鼓的，小黑姑娘的《草船借箭》。启棠触耳生感地说道：

"中国现在假使也有孔明那么一个有计谋的人才，我想日本人就不敢太放肆了。"

"这也难说，如今时代不同，科学昌明，即使孔明复生，一个大炮开过去，一个炸弹丢下来，孔明纵有满腹好计谋，恐怕也失去效力了。"

守仁听爸爸这样说，却不以为然地插嘴回答。但启棠吸了一口雪茄，却连连摇头，站起来说道：

"你这人脑子也太简单，像孔明这样聪明的人才，假使生长在目今的时代，他当然也会运用科学脑筋来对付敌人了。说不定比飞机、坦克车更厉害的军械他都制造出来了，你不知他曾经造过木牛流马吗？"

有义、仲林听他们不着边际地空谈着，这就更觉乏味，遂互相望了一眼，大家会意地站起身子，说时候不早，该回去了。安琪听他们要走，不免急起来，遂瞅了他们一眼，生气地说道：

"怎么？你们另外有什么约会了吗？"

"没有，没有。"

"没有别的约会，干吗这时候又要回去了呢？昨天我不是约好你们在这儿晚饭吗？"

安琪听仲林慌慌张张地辩白，一时倒又向他嫣然一笑，温情地问他。这时启棠、守仁也留他俩吃饭，仲林搓搓手，很不好意思的样子，说道：

"时常的惊吵，我们很说不过去。"

"孔先生，你这句话就不该说，自己要好同学，怎么如此见外呢？瞧我们妹妹听了，心里可要生气了呢！"

月华笑嘻嘻地逗了仲林一个媚眼，有些埋怨他的意思。仲林的视线偷偷地瞧到安琪粉脸上，果然噘着小嘴儿，大有娇嗔的样子。有义似乎也发觉到了，遂很灵活地说道：

"那么我们恭敬不如从命，就在这儿吃了晚饭吧！"

仲林于是没有话说，遂在沙发上又坐下来了。安琪的粉脸上，方才又显现了高兴的神情，秋波逗给他一个笑盈盈的娇嗔。这里守仁、启棠又向仲林、有义闲谈了一会儿，不知不觉的已是上灯时分。小红和仆妇已拿了碟子杯筷等安放在桌子上，然后又到厨房里去端上酒菜。今夜的菜，比昨天仲林在这儿吃得更丰富了一些。启棠、守仁把他们招待得很是客气，安琪因为父兄在招待他们了，所以她坐在旁边，反而不发一语，只管自己吃着菜。仲林、有义今夜因为情意难却，所以也不好意思地应酬着喝了两杯酒。

饭后，安琪回房去梳洗化妆。这里小红拿上两盘好的鸭梨，又泡上六杯热气腾腾的玫瑰花茶。启棠坐了一会儿，说尚有些公事须要去批阅，所以他回书房里去，只叫守仁招待着他们。有义、仲林自然连声地说请老伯自便，不必客气。不多一会儿，月华悄悄地向有义叫了一声张先生，一面招招手，一面便先向门外走了。有义见仲林和守仁正在高谈阔论，似乎很投机的样子，遂也趁此跟了出来。月华等在房门口，向有义微微地一笑，低声说道：

"我有一个问题来跟你谈谈，请你到那边屋子里去坐一会儿好吗？"

谢公馆的屋子原很大，东一间，西一间，都是收拾得窗明几净，微尘不染，十分清洁。有义因为不知道是什么问题，意欲先问清楚了再跟她走，但月华却管自地先推开对面的房间走入里面去了。有义这就不得不跟她入内，月华已开亮了室内的五盏梅花形的电灯，把手一摆，请他坐下。然后在茶几上的烟罐子里取了两根烟卷，一支交给有义。有义连忙说道：

"对不起！我向来不会吸的。"

"吸支烟卷，也无伤大雅，你抽支玩玩，也没有关系，吸了烟，我们好谈话。"

月华一面已划了火柴，给有义燃烟。有义在这情形之下，简直没法可以推拒，暗想：我且燃着了让它烧完了也好，这样也算应酬过了。于是欠了身子，道了一声谢，勉强地吸了一口，然后问道：

"密昔司谢！你有什么问题跟我谈谈呀？"

"这是我爷爷的意思，他叫我来拜托张先生，意欲请你做一个月老。我想你也是富于热情的好先生，成人之美，当然也很乐而帮忙的吧！"

月华在他对面的沙发上坐下，她吸了一口烟卷，喷去了烟圈子后，方才慢条斯理地说出了这几句话。有义是个聪明人，他一听这些话，心里已明白了大半。但表面上还故作糊涂的神气，目瞪口呆地怔了一怔，问道：

"你叫我做月老，不知道对象是谁？男女方是个怎么样的人？我是否都相熟的？请你先明白地告诉了我，那么我方才可以决定到底有无把握呢。"

月华听他这样说，由不得扑哧一声笑了，秋波逗了他一瞥神秘的媚眼，说道：

"说起男女方的人来，你不但是认识的，而且还非常知己。张先生，这我好比已经告诉了你，你仔细地想一想，保你也会明白过来了。"

"我胡猜一下，莫非是仲林和谢小姐吗？"

"哎！对呀！张先生，我爷爷的意思，因为孔先生的品貌很好，而才学更是优秀，所以心里非常敬爱他。再说安琪妹和孔先生的感情也不坏，于是想成全他们的好事，请张先生来做一个月

51

老，不知道你肯答应吗?"

有义为了使自己不让人家指摘起见，所以他预先声明是胡猜一下，其实这也是他过分的小心缘故，因为他猜的可说是绝对有把握。果然，月华哎了一声，还把两手一合，表示十分感到兴趣的神情，一面絮絮地说，一面含了微微的笑容。有义心中因为也早有了这个成见，所以当下颇为赞成，连忙点头说道:

"那好极了，我一定来完成这一头美满的婚姻，也好让我喝这一盅冬瓜汤。"

"假使孔先生也有这个意思的话，我爷爷还预备在你们离开北平之前，先给他们订一个婚哩! 这样使彼此心中也好安定许多了，你说是不是?"

"不错，我想仲林这一方面大概不成什么问题。只要谢小姐有心愿意跟仲林结成一对的话，这姻缘马上可以成功的。"

"孔先生这一方面你既然可以负责，那么安琪一方面，我也可以拍肩负责。倘然好事成就，一定谢你二十四簋美酒。"

月华听他能负责办成这头婚事，心里一阵欢喜，由不得笑出声音来了。暗想: 安琪这孩子痴心得那么可怜，只要仲林愿意，那在安琪真是求之不得呢，如何还有不答应之理? 所以她也立刻负责下来，而且还笑嘻嘻地许下了酬谢的话。有义倒免不得微红了两颊，忙笑道:

"你真会开玩笑，难道你真把我当作媒婆看待了吗?"

"不! 不! 我哪有这个意思? 你倒不要误会了。张先生，这样吧，将来我给你留心着，若有好的姑娘，我也给你做个月老，那就算为酬谢了你，你说好不好?"

有义想不到她又会挖空心思地说出这些话来，一时脸更加地红起来。虽然他平日原很老练，但也免不得有些难为情，笑着说道：

"密昔司谢，你是个乐天派，专门欢喜说笑话。瞧，我的脸都被你说得通红了。"

"这是你刚才喝过一些酒的缘故，哪里是为了怕羞的缘故呢？"

"哈哈！是的，是的，我这个面皮，差不多连大炮弹子都打不进去的，还会怕难为情吗？好了，我们正经事也谈完了，笑话也说过了，那么我们回到那边去吧！"

有义笑了一阵，一面说，一面已是站起身子来。月华含笑点头，因说请张先生明天给我一个回音。有义连连称好，于是又回到会客厅里来了。

这时安琪也已在会客室里，和她哥哥一同跟仲林谈笑着。仲林见有义去了这么久才回进屋子来，他心里有些猜疑不定的，遂回眸望了他一眼，问道：

"你在哪儿呀？"

"我多喝了一些酒，有些头晕晕的，所以在院子里透了一会儿空气。"

有义在众人面前当然不好意思直接地告诉出月华请他做月老的话来，遂微皱了眉毛，心生一计地圆了一个谎回答。安琪连忙说道：

"张先生，那么你快来吃一些水果，也许会醒酒的。"

"好！多谢，多谢。"

安琪一面说，一面把那只玻璃高脚盘递到他的面前。盘内每块生梨上原插着一根牙签，有义点头道谢，伸手取了一块生梨来吃。一面望着她粉脸神秘地一笑，接着又说道：

"谢小姐，我瞧你眉尖上含了一份喜色，恐怕三天之内，一定有喜事临头了！"

"张先生，你也许真有些醉了吧？"

安琪被他说得两颊绯红，因为本来已经涂上过一层胭脂，所以此刻就更加像玫瑰花朵般的娇艳起来，有些嗔意的口吻，赧赧然地说。但有义却还一本正经地说道：

"我没有醉，我没有醉，我说的倒是实话，你不信，明后天就知道了。"

"有义，我们还是早些回去吧！"

仲林因为有义是素来不大爱说笑话的，今天却例外地说起来，所以心里也认为他确实是喝醉了酒。大凡喝醉了酒的人，都不肯承认自己醉的，但越是没有喝醉的人，他却越是说喝醉的了。仲林恐怕有义醉后未免有失礼貌的地方，这就很不方便，所以他站起身子，劝有义跟他早些回去。有义明白他的意思，遂故作醉态的样子，把身子摇了两摇，点头说好，我们早些回校吧！一面向守仁拱拱手，又说道：

"谢先生，对不起，我们惊吵了。老伯那里，请代为告别一声吧！"

"张先生，你太客气，既然你有些头晕，我也不留你了，还是回去休息休息。小红你叫阿三把汽车预备好了。"

守仁一面向小红吩咐，一面便送着出来，在会客厅门口，遇见了月华。月华忙问这就要回去了吗，说时候还早呢！有义含糊地回答，说明天又可以来的。月华点头含笑，遂也不说什么。这里大家来到大厅门口的石阶级上，阿三早把汽车开在院子里侍候。仲林遂和守仁握手道别，因见安琪站在旁边，虽然也有和她握手的意思，但却有些难为情，鼓不起这个勇气，只含笑说声再会，便同有义跳上汽车去了。

　　在汽车里，他们默默地都不说话，开到了校门口，仲林赏了车夫一元钱，便扶着有义跳下，匆匆走进校门去了。有义见仲林把自己当作酒醉样子，一时倒忍不住暗暗好笑，遂也含糊到底。两人跨入宿舍，开亮电灯，让有义坐在床边。仲林在热水瓶里倒了一杯开水，递到有义面前，低低地说道：

　　"你此刻觉得好一些了没有？喝杯开水吧！"

　　"怎么？你把我当作生病看待吗？我本来就很好呀！"

　　有义一面接了杯子喝茶，一面笑嘻嘻地说。仲林瞅了他一眼，有些埋怨他的口吻，说道：

　　"谁把你当作生病人看待呀？你别尽管说醉话好吗？"

　　"啊呀！你难道还把我当作酒醉吗？哈哈！仲林，你这就太老实了。我告诉你吧，刚才我说谢小姐眉尖儿上有些喜色，这完全是实实在在的话呢！我这人说话向来是不含糊，假使没有一些因头的话，我岂肯胡说八道呢？"

　　有义笑过了一阵后，立刻又认乎其真地回答着说。仲林听了，倒是目瞪口呆地愕住了一会儿。他也退到自己床边去坐下了，不解其意地望了他一眼，问道：

　　"照你意思，你所说的话，全有根据的吗？"

"当然有根据的，仲林，你也动了喜星呀！"

"唉！这是什么时候，你还跟我开这个玩笑干什么？想不到你喝了一些酒，就变换一个人样儿了。"

仲林见他一会儿认真，一会儿又笑嘻嘻的，因此倒又误会他是醉态糊涂的缘故，这就包含了怨恨的语气，低低地说，还深长地叹了一声。有义连忙说道：

"这是正经的事情，请你不要一味地当我在开玩笑吧！你以为我刚才是在院子里透空气吗？不是的，我实在被密昔司谢叫了去在另一个房间里说话呢！"

"她跟你说些什么？"

"她说这是谢老伯的意思，他觉得你的人品很好，而且才学更好，所以他要看中你做他的乘龙快婿，并且请我做一个月下老人。"

"……我想……不见得会有这一种事情吧！"

仲林将信将疑地红了脸，支吾了一会儿，才摇头说出了这一句话。有义把手里茶杯在桌子上放下，正了脸色，说道：

"难道我在编谎哄骗你吗？仲林，我再跟你明白地说，他们意思，预备在你离开北平之前，先给你们订一个婚哩！"

"那么安琪的意思怎样呢？"

"你又说傻话了，这当然就是安琪的意思，所以她爸爸才这么做主意呢！否则，她爸爸如何会知道你人品好、才学好？"

仲林听了，默默地沉吟了一会儿，却并不作答，似乎在考虑的意思。有义望着他，也出了一会子神，方才低低地说道：

"你这次离开北平，安琪当然是很不放心的，所以她要先来跟你订一个婚，也就是使你不会再忘记她的意思。这位姑娘真是痴心得可怜，我想你也不见得会忍心辜负她吧？"

"我心里在考虑，觉得有两个问题，使我对于这头亲事有些委决不下。"

"你所考虑的是哪两个问题呢？"

"第一，我常常还在痴想，也许曾静她还活在世间上，报纸上所登的消息说不定是假的。"

"这确实是你的一种痴想，报纸上的消息怎么会假呢？难道说鬼子打进我们东北的消息也是不准确的吗？"

有义认为仲林固然也是痴心得可怜，但无非也是表示他用情专一的缘故，一时很敬佩他的义气，便摇摇头，低低地反问他说。仲林又叹了一口气，垂了头，却表示无限感伤的意思。有义接着问下去道：

"那么第二个问题呢？你也说出来听听吧！"

"这问题也相当重要，我是一个贫穷人家的子弟，而安琪却是一个财政厅长的女千金，在门第上说，也许不大相配。再说订婚两字并非是空口白话就可以举行的，对于金六礼，银六礼，聘礼聘金这些礼节，我也很懂得。尤其是他们富贵人家的排场，当然一切都免不了。那么你就代我想一想，在我这环境中是否有这些能力来负担呢？所以对于订婚两字，我实不敢妄想。至于安琪对待我的痴心，我绝不会忘记她的，只要我能活在世间上做人，我想慢慢终有报答她的机会。"

对于订婚时聘礼聘金这一个问题，有义在事前倒也并没有想到这一层，现在听了仲林的话，他一时怔怔地愕住了。良久，方才搓搓手，说道：

"我想你的环境安琪当然明白得很详细，况且我们又在异乡客地，所以他们也许一切会从简举行的。"

"这也难说，有些青年男女的谈情说爱，大都是盲目的，往往为了一些极细小的问题而把婚姻宣告分离的也很多很多，何况安琪是个吃惯用惯舒服惯的小姐。我虽然不敢说有钱人家的小姐个个爱好虚荣的，但一个人面子终要的，虽说这面子并不实际，但在各人的地位上就大有关系了。所以我希望你明天给我去婉言谢绝了，说订婚的事情以后慢慢地谈吧！"

仲林下了一个决心地回答，他一面脱了衣服，一面便睡到床上去了。有义想不到仲林居然会毅然地拒绝，心里不由暗暗敬佩，觉得俗谚所谓英雄难过美人关，这句话在仲林身上应该是打倒的了。虽然想怂恿他几句，但他所以拒绝的理由，反正自己已经明白。那么我明天到安琪家给回音的时候，一切由我做主便了。有义这样想着，遂也不再说话，也管自地脱衣安寝了。

这晚，仲林睡在床上，想着自己虽然把这头婚姻是拒绝了，但是在安琪的芳心里，她一定是非常怨恨。实在呢，我也并非是不爱她，因为我的力量不够，假使安琪知道我的苦心，她也许会原谅我的吧！仲林这样想着，一时情感又胜过了理智，他也不知为什么，只觉有股子悲酸的滋味涌上他的心头。

第二天下午四点以后，有义匆匆地到安琪家中来。由小红入内去通报，不多一会儿，只有月华一个人到会客室内招待他。有义和她招呼了后，大家便在沙发上坐下。月华因为是吸烟的，所以照例又送过一支烟卷。有义为了避免推推让让的麻烦，遂不客气地又吸着了。不过他只有吸第一口，以后长长的一支烟卷，是尽让它烧去的，一面含笑问道：

"密司谢呢？她出去了吗？"

"没有出去，她这几天忙得学校里索性多请两天假了，连吃饭都像赶出门上火车去似的，哪儿还有工夫到外面去呢？"

月华摇摇头，微笑着回答。有义见她说话的表情，显然有些神秘的意思，遂不明白的样子，低低地问道：

"她在家里忙些什么呀？"

"我告诉你，她在编结一件绒线背心，预备送给孔先生穿的。只怕赶制不及，所以每晚结到十二点才睡呢！你想，她待孔先生的情分深吗？"

有义听了，这才明白过来，一时微皱了眉尖，暗暗想道：安琪这么痴心痴意地对待着仲林，假使给她得知了仲林拒绝婚姻的一回事，那么在她的心中不是要大受刺激了吗？因此他把仲林不愿订婚的话，却再也没有勇气说出来了。月华见他呆然出神，竟把他今日的来意忘记了的样子，一时却急得忍熬不住了，遂笑嘻嘻地瞟了他一眼，问道：

"媒人大爷，怎么样？你的使命可完成没有？"

"我说可以负责办成功，那当然不会有什么问题的。"

有义转了转眼珠，他不慌不忙的神情，很得意地说。月华听了，自然喜上眉梢，扬了眉毛，高兴地笑道：

"那么你功劳不小啦！我们一定会重重谢你。"

"不过……仲林所考虑的尚有一个问题，我倒也颇为同情。"

"是什么问题？你快说出来，我一定有办法可以解决的。"

月华把扬着的眉毛立刻又微蹙起来，似乎很急促的口吻，连连地追问。有义把已经烧去了半支的烟灰，在痰盂里用手指弹去了，说道：

　　"仲林说，老伯这一份儿美意，他当然十分的感激。不过他又觉得很惭愧，因为他的家乡，到现在存亡不知，那么在异乡客地可说是已变成一个流浪落魄的人了。假使此刻要实行订婚，他实在没有能力。况且老伯是当地的财政厅长，那么他的亲友之辈，可说大半都是富贵人家，倘若订婚的仪式太简单，这不但有失老伯的面子，而且对于谢小姐也未免太委屈一些了。"

　　"张先生，我觉得你太没有肩胛了！"

　　月华不等他说完，立刻收起了笑容，大有愤愤的样子，沉寂着脸色向他责问。有义连忙赔了笑意，把手中尚拿着的半截烟卷丢入痰盂罐去，说道：

　　"我绝对有肩胛，不过仲林这一层苦衷，也是实在的情形。密昔司谢，比方那么说一句，订婚时的聘礼聘金这一项，仲林一时无法办到，我试问你，叫他用什么来跟安琪小姐订婚呢？所以我今天来对你说的意思，并不是仲林不识抬举，在他实在也很爱安琪，只不过他的意思，预备将来有了能力慢慢地再来跟安琪订婚，所以我的使命可以说是完成的！"

　　"哦！你们说的原来是为了这个问题，那是绝对没有什么关系的。张先生，你也可说是个新时代的青年，为什么思想却这样陈旧呢？我倒有些不懂起来了，男女的爱情，难道是为了金六礼银六礼才订婚的吗？假使是这样的话，那你把爱情看得太不值钱了。我可以代表安琪妹妹说一句话，她虽然是个贵族小姐，不过她绝对有新的思想，她爱孔先生的目标，她认得非常清楚，难道说她还会嫌孔先生贫寒吗？所以订婚无非是一个仪式而已，至于聘礼聘金，我们完全取消。张先生，你觉得这个办法，还有什么不满意吗？"

月华听了有义这番话，这才恍然有悟，一时觉得在仲林心中想来，确实也有苦衷，这就含了笑容，立刻又说出了这一番意思，真所谓是迁就之至。有义把手在膝上一拍，也笑着说道：

"你们既然肯这样体谅仲林的苦处，那好极了，他绝对不会再表示不愿订婚了。但我觉得还有一个问题，就是老伯的意思怎么样呢？万一老伯倒认为这样简单的举行有失他的面子，所以老伯也许会不赞成吧？"

"你放心，我爷爷是只有安琪这么一个独养女儿，只要安琪说一句话，爷爷是绝对没有问题的，况且婚姻大事，这当然是由安琪自己做主的了。"

"那么我此刻马上回去把你的意思告诉仲林去，回头我再来给你们回音好不好？"

有义很高兴地说着话，他身子已站了起来。月华自然点头赞成，跟着站起送他出来，一面笑盈盈地说道：

"张先生，可是叫你来来去去地奔波，真辛苦你了。"

"那没有关系，媒人原不大好做，既然负了责任，来来去去也就是应该的事情了。"

有义这话说得月华忍不住笑出声音来了，两人遂点头说了一声再会，有义方才匆匆地走了。月华也管自地回到安琪房中来，安琪低了头，只管编结绒线，却并不问话。月华知道她是怕难为情的意思，遂在她身旁坐下，微微地笑道：

妹妹，你别一本正经的只管编结绒线呀！

"怎么啦？"

安琪方才一撩眼皮，抬头斜乜了她一个媚眼，低低问了三个字，她的粉脸却已像玫瑰花朵般地娇红起来了。月华因把有义所说的话，向她告诉了一遍。安琪听了这话，心里非常的难过，意欲说明自己绝不要他的聘礼礼金，但一时里又怎么好意思说出口来？因此急得大有盈盈欲泪的样子。月华见了，很是不忍，于是立刻又把自己对有义说的话向她告诉，并说有义回头再来给我们回音。安琪觉得嫂嫂真可以说是自己唯一的知心人，她感激得了不得，紧紧地握了月华的手，泪水却在眼角旁涌现上来。月华见了，却有些莫名其妙，忙问为什么伤心？安琪摇摇头，偎在月华的怀内却又破涕嫣然了。正在这时候，小红进来报告，说老爷回来了，他找少奶奶去说话。月华知道爷爷也是为了这头婚事来叫自己的，于是拍拍安琪身子，匆匆站起，走到书房去了。

安琪一个人在房中暗暗地由不得想了一会儿心事，觉得爸爸叫嫂嫂去说话，那当然是为了自己和仲林的婚事，但不知爸爸对于仲林的没有力量能不能表示同情。假使爸爸认为这样简单的举行婚礼是怕被亲友们讥笑的话，那么他老人家一定是不会赞成的。倘若不赞成，这婚事当然不成功。仲林的心中，对我们印象必定恶劣，就是他将来有扬眉得意的日子，恐怕也不会再来爱上我了。安琪想到这里，也不知为什么要这样的悲酸，眼泪忍不住大颗滚下来了。

糊里糊涂地也不知经过了多少时候，忽然房中的电灯亮了起来。安琪回眸去望，原来月华已笑盈盈地站在房内了。显然自己有些如醉似痴地竟在黑暗之中出神，那电灯当然是嫂嫂开的了。月华在灯光之下，瞧到安琪像泪人儿那么的粉脸，一时倒吃了一惊，遂急急地走了过来，问道：

"咦！你……怎么啦？好好地又伤心起来了？"

"……"

"不要这样子，我告诉你欢喜的消息吧！爷爷对于这头婚事，他说只要你欢喜，一切的仪式，他绝对不讲究，完全没有问题。妹妹，你想，爷爷忽然改变作风也开通起来了，那不是一件欢喜的事情吗？"

安琪听到这些话，心头真所谓放下了一块大石般的轻松下来。虽然她很有笑的意思，不过觉得一忽儿流泪，一忽儿笑，这在嫂嫂眼睛里看来，她不是会取笑我吗？因此垂了粉脸，却默不作声。就在这时，小红来请两人吃晚饭去，月华拉着安琪的手也就到饭厅里来了。

吃晚饭的时候，启棠又向安琪说明了自己对于这头婚事非常赞成的意思，并说后天星期日，决定给他们举行订婚的仪式，在这非常时期之内，一切从简，他预备给两人就在报上登一则订婚启事之外，也不再发什么帖子给亲友们知道了。在启棠所以这么办，是为了怕亲友们到来知道男家一些没有聘礼聘金而感到坍台，不过安琪心中是并不顾到这一些的，她只要达到了和仲林实行了订婚的愿望，其他的事情也就不再过问的了。饭后，大家在会客厅里听了一会儿无线电。正在奇怪着有义为什么没有到来，谁知一个挺英俊的青年就在会客厅门口出现了。守仁先迎上去跟他握手，说了两句辛辛苦苦的客套。有义一面笑着说没有关系，一面向启棠鞠躬。启棠忙请他坐下，含笑说道：

"张先生晚饭用过了没有？"

"吃过吃过。"

"那你为什么不到舍间来用呢？"

"我刚才回到学校，那边齐巧开晚饭，所以我就在那边吃了。"

"为了小女的亲事，劳驾了张先生，我们心里很过意不去。"

"哪里哪里，这头亲事，只要办得讨好，我再辛苦些也乐意的。老伯这样抬爱仲林，仲林的心中除了感激之外，他实在无话可说。所以他的意思只要老伯不以他贫穷为意，那么仲林自然一切听从老伯的吩咐。"

两人由闲叙而慢慢地谈入正题，有义是很会说话的，代表仲林发表着意见。启棠吸了一口雪茄，连忙说道：

"我是素来爱惜人才的，孔先生的品貌才学，据小女说均可称为上乘，所以我非常敬爱他。况且小女和他的感情又极融洽，所以我愈加要玉成他们一对美满的婚姻。现在承蒙孔先生不弃，这在张先生可说是完成一件好事。我想你们大概不久就要离开北平，故而我预备在后天星期日就给孔先生和安琪订一个婚，在报上登一则订婚启事，其他的仪式，我以为都可省却。一则时间局促，二则国难时期，应该从简，不知道张先生的意思以为如何？"

"老伯的思想真是前进而伟大，我们做晚辈的自然是赞成之极，但报上怎么登载，还请老伯指示才好，以便明天起个稿子送到报馆去！"

"我想介绍人方面，一个就请张先生，其余一个就登我们媳妇的名字好了。现在比不了从前，我的意思，可以由孔先生和小女两人名字出面，下面登载由你们两人介绍，再加上一句并征得双方家长同意，在平订婚，这样不就完了吗？"

"好极，好极，准定照老伯的意思办去。但密昔司谢的贵姓大名，还得请教请教。"

有义觉得启棠所说的话真是开通之至，一时暗暗敬佩，遂笑嘻嘻地连声说好。一面回过头去，又向月华低低地问。守仁不等月华开口，却先代替着告诉了。有义点头说道：

"那么我就写裘月华女士好么？"

"很好，这件工作由张先生去办理吗？"

"我想这应该是男家办的事情，当然由我们去办的。"

"那么星期日那一天，我的意思，请你和孔先生一同到我家来吃饭，好在我也并不向亲友们发什么帖子，无非自己人大家见个礼的意思。"

启棠听有义很会说话，可知是个办事很干练的人，当下也很佩服他，遂点点头，又向他说出了这两句话。有义虽然觉得以旧式而论，男方绝没有到女方家中去订婚之理。不过仲林在北平没有家庭，更没有亲友，就是特地去假座酒馆里订婚，不但没有人来撑场面，而且花费也太大。既然他们并不考究这些，很能原谅仲林的处境，那么也就不必管这许多了。有义这样想着，遂也点头称好。他坐着又闲谈了一会儿，方才告别回学校去了。

两天的日子，转眼早又过去了。星期日上午，仲林、有义先去理了一个发，然后买了一份报纸，翻开来看，果然见仲林、安琪订婚启事已登载出来了。有义拍拍他肩胛，笑道：

"想不到这次九一八事变，竟造成了你们今天的订婚……"

"唉！我觉得我太不应该，父兄存亡未卜，我竟自作主意的跟人家订婚，还说征求过家长的同意，那我良心上实在太说不过去了。"

有义说这句话无非表示意想不到罢了，但既说出口，方知是失言了。果然听在仲林的耳朵里，他不免皱了眉毛，感到痛苦起来，满面惭愧的样子，低低地说。有义连忙又安慰他一番，说这头婚事，好在并非是你去追求来的，这还可算情有可原，就是老伯将来知道了，我也一定会代替解释的。仲林听了，也只得罢了。两人于是坐了街车，便到谢公馆去了。

谢公馆里今天却仍旧是十分热闹，虽然启棠没有发什么喜帖，但他是个现代的红人，一班亲友们一见了报上启事，大家早已一传十，十传百地传扬开去。常言道：锦上添花时常有，雪中送炭何处找？所以一班马屁精纷纷地前去买了花篮、银碗等现成礼品，无不前来道贺。所以等仲林、有义到了谢公馆，大厅里已经是贺客如云了。

一班亲戚朋友起初当然不知道仲林就是新姑爷，因为见守仁很客气地招待他们到书房里去，还以为是有地位的贺客，所以殷勤地招待。后来不知是谁去打听了消息，传到众人耳里，方知刚才进来的两个人，其中一个就是新姑爷。于是大家都哄到书房里来，几十道的目光，都射中着仲林的脸上，倒害得仲林满面绯红，真是受窘得了不得。

这天仲林和安琪虽然是见面在一起，但彼此却没有开口说过一句话。两人只有脉脉含情地你望着我，我望着你，而且还有些赧赧然的样子。倒是月华善于雅谑的，把他们扬眉得意地取笑了一会儿。时间是并不像人情那么的冷暖会显出不同的面孔，这一天热闹的日子，终于是悄悄地过去了。

当夜，安琪睡在床上，抱住了绣花被，做了一个甜蜜的美梦。

次日下午，安琪把那件绒线马甲已完全编结成功了。她正预备打电话去请仲林的时候，不料仲林已匆匆地到来了。两人见面，这会子在房中因为没有第三个人，所以他们情不自禁热诚地握了一阵手，尤其是安琪，紧紧地偎着仲林，娇媚地笑道：

"你来得正好，我原想打电话来找你。"

"有什么事情吗？"

"瞧，这件马甲，总算已编结完成了，你试试样子，大小怎么样？"

安琪笑盈盈地把沙发上放着的那件马甲拿给仲林看，并且很多情地说。仲林在有义口里已经听到过这一回事，所以非常感动地说道：

"我听说你为了这件马甲，连吃饭睡眠的时间都忘记了，我想你是个病才好的人，应该好好休养才好，现在为我这么辛苦着，叫我心中多么不安呢！"

"我心里所爱做的事情，就是再吃力一些的工作，我也喜欢干而且并不感到一些疲劳的。仲林，你为什么要说不安呢？"

"你待我这么好，我不知该怎么报答你才是。"

"你别说傻话了，我们现在不比从前了，订过了婚后，我们不是已经成为一对未婚夫妇了吗？那么夫妇之间，如何还用得了什么报答两字呢？"

安琪偎在他胸前，纤手摸着他西装小口袋里的一方小手帕，柔情蜜意地逗了他一瞥媚眼，笑盈盈地回答。仲林点点头，却没有说什么。安琪接着又说道：

"我只希望你心眼儿上有我这一个庸俗的女子，那我就够高兴了。"

"安琪，你别这么说，我……怎么会忘了你呢？你是我的爱妻了，我……生生死死都不会忘记你的。"

"我相信你，好了，我们不谈这些，你把上装脱一脱，试试这件马甲的大小合身不合身？"

安琪见他很动感情地说，大有凄凉之意，这就嫣然地一笑，把话扯开了去，一面伸手给他脱去了上褂子。仲林遂把这件新马甲套进身子，对了镜子照了照，觉得不大不小，刚巧合身，穿着不但暖烘烘的很是舒服，而且花纹美丽，十分好看。一时乐得扬着眉毛，连连地说道：

"好，好，好极了！安琪，你真聪明，我身子大小尺寸，你怎么知道的呀？"

"你倒猜一猜。"

"我猜不着……"

安琪掀了酒窝儿，那种得意的表情，是更显得无限的娇媚可爱。仲林有些神往地又去拉她的手，摇头回答。安琪秋波斜乜了他一眼，扑哧地一笑，说道：

"我告诉你吧！因为你和我哥哥的身子大小有些差不多，所以我是照哥哥的尺寸给你编结的。因为你稍为胖一些，所以我又给你放大了几针，想不到却齐巧合身哩！"

"原来是这么的，你真细心而聪明，我有你这么一个好妻子，那真是我前世修来的好福气哩！"

仲林得意忘形地说出了这两句话，却被安琪逗了一个娇媚的白眼，接着把他上褂拿来，一面给他穿上，一面说道：

"这件马甲就穿在身上吧！这几天气候冷了不少，你身上又没有大衣穿着，回去怕受凉呢！"

"好吧！我就穿着不脱去了。"

两人说着话，遂在沙发上又坐了下来。默默地相对望了一会儿，安琪忽又低低地问道：

"你知道我给你编结这件绒线马甲的意思吗？"

"我知道的，你是怕我受寒，所以给我添衣，无非是爱护我身子的意思。"

"这一层固然对的，但另外还有一层意思。"

仲林呆呆地沉吟了一会儿，却想不出一个所以然来回答。安琪脉脉含情地望着他英俊的脸，十分认真地说道：

"我们在这样局促的日子内订了婚，但是又这样局促地就要分离了。从此，我们又得隔开了一个长长的时间，不能再见面了。所以我给你穿上了这件马甲，希望你见了那件马甲，就仿佛见了我一样的亲热。你不要丢了马甲，你也不要丢了我……"

安琪说到这里，喉间已有哽咽的成分，眼泪却盈盈地流了下来。仲林自然很有些着慌，遂伸手去抱住她的腰肢，偎着她粉脸，给她拭泪说道：

"安琪，你难道这样不信任我吗？我……不是个无情无义的人，我如何会丢你？况且……你待我这样好，我若丢了你，我怎么还能算是个有血肉的人类呢？所以你只管放心，我要如负了你的深情，我就死在枪林弹雨之中。"

"啊！我……不许你这样说，我……"

仲林既然念出了重誓，安琪倒又急得双泪交流起来，趁势倒在他的怀内，伸手去扪他的嘴。仲林却微微地一笑，说道：

"只要我永远地爱你，那我自然不会死！"

"我不要听见这个死字，我要听到生存，我们要好好活着才对啊！"

"但是，我们要好好地生存下去，我们还需要好好地奋斗不可！世界上的事情，只有奋斗，才能生存，才能快快乐乐地生存！"

"是的，我知道你有奋斗的精神，能和这恶劣的环境去作战！希望你能给予我一些勇气，我生生死死地追随在你的左右。"

"安琪，你不是说不愿听见死吗？怎么你自己也说起死字来了呢？"

"只要我活在你的身边，死在你的身边，这个死，我也甘心情愿的。"

"安琪，我亲爱的妻子！你真是太痴心了。"

安琪这两句话把仲林感动得太过分了，他的眼角旁也展现了晶莹莹的一滴泪。他情不自禁地低下头去，一面说，一面欲和她接吻了。安琪对于他这个举动，在她芳心中可说是乐而接受的一回事。不料正在两唇相触之间，忽听有人啊了一声。仲林、安琪急忙离开了身子，回头望去，只见房门口站着了一个月华，她笑嘻嘻地似乎想走进来，但又想退出去，因此使她弄得有些尴尬的局面。因为仲林和安琪已坐正了身子，这就弯弯腰肢，笑道：

"对不起！对不起！我没有知道姑爷会在这儿，否则，我就不走进来了。"

"嫂嫂，你别走，我正要找你说话。"

月华一面说着话，一面预备回身退出房外去。安琪这就急了，连忙奔上去，一把拉住了她，急急地说。月华笑道：

"你别说谎吧！这时候你有姑爷在一块儿谈天着，你就想不到会找我来谈话的。"

"大嫂子，真的，我有事情来跟你们说，因为我和有义商量之下预备明天就得动身离开北平了。"

仲林涨红了脸，本来是赧赧然地愕住在一旁，此刻听月华这样取笑着说，遂连忙把今天自己的来意说了出来。这消息月华固然没有知道，就是安琪也还只有此刻听他告诉出来，因此不约而同地和月华急急问道：

"什么？你们明天就要动身吗？"

"是的，早一天动身，可以早一天达到愿望。"

仲林很沉着的声音回答，他心里似乎塞涌着各种不同难受的滋味。月华见安琪大有凄然欲泪的样子，于是低声代为说道：

"姑爷，我想你们才只有昨天订婚，你们……也不该这样急急地分离。"

"反正往后见面的日子很长，眼前又何必留恋着这一两天有限的日子呢？安琪，我们只要能常常通信，我想我们也等于没有分离一样的。"

安琪听仲林这样地安慰着自己，一时也不敢过分地显现出悲伤的样子，她沉吟了一会儿之后，方才点头说道：

"是的，我不能以儿女之情，来阻碍你的前程。既然你们商量已定，那么你们就明天走吧！"

月华听了，这就不再向仲林劝留了。正在这当儿，小红来报告，说张少爷也来了。仲林原和有义约好的，他随后也向谢启棠父子来辞行，于是三人便走到会客厅来招待有义，彼此招呼了后，月华递上烟卷，在她心中是认为有义会吸烟似的。有义也觉得反正以后不再吸她烟了，今天就不妨再应酬一次，遂一面吸了一口烟，一面问道：

"老伯还没有回家吗？"

"是的，大概就可以回来了。张先生，你们预备明天就走了吗？"

月华一面也吸着烟卷，一面低低地问。有义点头称是，说早些去投考，当然比较好一些。安琪秋波斜乜了他一眼，说道：

"张先生，你们在外面一切都得小心才是，仲林也得请你照顾才好。"

"妹妹，你这话说得有趣，把姑爷当作三岁小孩子看待了吗？"

安琪这样向有义托付，月华自然感到好笑，遂瞟了仲林一眼，忍不住哧哧地笑起来了。仲林和安琪这就都涨红了脸，有些赧赧然的样子。有义倒很了解安琪的意思，遂点点头，很正经地说道：

"谢小姐，你放心，仲林在外一切之事，我都会照顾他的，绝不会使他有什么荒唐的行为。不过仲林也不是一个糊涂人，他的思想和抱负都是超人的，我相信他将来是个民族英雄。不过他就是情感过于深厚一些，容易使一班女性对他发生爱情。所以你拜托我的意思，我明白，我以后所负的责任，就是不许他再跟任何一个女子发生爱情，你说对吗？"

有义这一番话完全是说到了安琪的心眼儿上去，这就觉得有义真是一个聪明人，不但是仲林的知己，而且也是自己的知己。安琪除了感激之外，是只有感到喜悦和羞涩，而尤其羞涩的成分占上了大半，所以她赧赧然一笑之后，粉颊却像玫瑰花般的娇艳起来了。月华和仲林自然也忍不住笑了。

大家谈了一会儿，不知不觉天已入夜，小红进来亮了电灯。有义见启棠还没有回家，不免有些着急，正预备告别要走。只听院子里一阵汽车喇叭的声音，原来是启棠父子两人回家来了。

启棠和守仁见仲林和有义都在会客厅里坐着闲谈，遂很高兴的样子，招待他们。仲林在昨天已经向启棠改了称呼，为了表示亲热起见，所以跟着安琪也叫了一声爸爸。有义一面口叫老伯，一面把他们明天要动身的话告诉，说今天特地前来向老伯辞行的。启棠听了，只说了一句为什么这样性急，但也没有强留他们，一面说道：

"你们既然决定明天动身要走，那么今夜我该给你们饯行。守仁，你打个电话到一家春酒馆去叫一席菜来吧！"

仲林、有义虽然竭力说不要客气，阻止他们不必叫菜，但守仁已起身到电话间去了。站在启棠的地位，他当然是一面孔长辈的神气，向他们勉励了一番，仲林、有义听了当然也是唯唯而已。

　　一家春这一席的酒筵很丰富，但可惜吃的人太少，所以许多菜都剩下来。仲林是善于感触的人，他一想到家里的父兄等人，不知是生是死，别说不能享受这样精美的酒筵，恐怕在敌人铁蹄之下，连一碗青菜淡饭都要受敌人的限制呢！因此他实在有些食不能下咽了。草草吃毕，推说有些头晕，遂走到客厅外小院子里来透透空气，其实他无非是来落几滴悲痛的眼泪而已。

　　仲林一举一动，安琪当然是很注意的，所以她见仲林走到院子里去，遂也悄悄地跟着出来。谁知仲林仰天长叹，却在暗暗地流泪，于是悄悄地挨到他身旁，温情地说道：

　　"你在想什么？好好一个人怎么在对月伤感呢？"

　　"哦！我……没有想什么？"

　　"你不要瞒我，你不想什么，你如何会伤心？"

　　"我……在举首望明月……"

　　"那么你是在低头思故乡。"

　　安琪不等他说下去，就代他接着说出来。仲林回身紧握她纤手，点点头，叹了一声，垂泪说道：

　　"可怜我爸爸、兄长在这破碎的故乡里，他们生死未卜，音讯杳然，思想起来，怎么不要令人痛断肝肠呢？"

　　"交通断绝，邮政停止，事到如今，又有什么办法？唯望吉人天相，平安才好。"

　　安琪也说不出什么安慰的话，她偎着仲林，却跟着扑簌簌地落下泪来。仲林见她身上穿得很单薄，而外面夜风很大，恐怕安琪受凉，遂给她拭了泪痕，劝她一同回进屋子里去。这时小红也来请两人洗脸去，仲林遂拉了安琪走入会客厅来。

这夜仲林和有义告别回校，时候已十点多了。第二天早晨九点钟，仲林、有义匆匆到火车站。不料安琪和月华却先等在车站上了，而且还给他们买好了两张头等车票。安琪手里提了两篓鸭梨，说给他们在火车上吃着解闷。火车进了月台，大家便匆匆地跳上头等车厢，因为安琪、月华也买了两张月台票的。这时仲林和安琪心中虽有千言万语要说，但一时不知打从哪一句说起才好，所以反而默默无语地呆坐着出神。送行的人，虽然是那么的多情，但火车是没有感情的，时间到了，月台上当当地敲了两声铜牌，接着一声汽笛，响遏行云。安琪、月华无奈何地跳下车厢，站在月台上，眼望着火车的身子轰隆轰隆地向前开驶了。正是：火车的路程长，而送行人的情分更长！

第四回

天空阴沉沉的，满布着层层的彤云，仿佛又要落雪的光景，朔风吹刮得很猛，震动着玻璃窗也会飒飒地作响。室内虽然是有一只融融地正在燃烧着的火炉，但温度仍旧很低，口里略一呵气，就有一圈一圈的浓雾似的气冒出来。这时火炉旁的写字台边坐着一个年轻的姑娘，她穿着紫红绸的灰鼠旗袍，外面还罩了一件粉红色兔子绒短大衣。桌子上放了一个海棠红色的热水袋，她一手按在热水袋上取暖，一手拿了一张信笺，静悄悄地瞧着信上的字句。只见信内甜蜜蜜地写道：

安琪吾妹吻鉴：

忆自金台一别，倏有两易寒暑矣！离平之日，本与吾妹约定，每届假期，当返平与妹共聚，但吾等欲于最短期内完成学业，故无分寒冬酷暑，继续受训，以期早日如愿。妹之芳影，时萦梦寐，虽欲航空归来，一倾积愫，只恨身无双翼，未能自由。知我者妹，当亦谅我苦衷耳！东风浪荡，我更浪荡于东风。皓月团圆，卿未团圆如皓月。所恨学业未成，匈奴未灭，老我青衫，徒唤负负！想妹质比冰雪，志坚金石。屡汇金银，济我所需。爱我之情，天无其高，海无其深。故我虽茕茕孑立，寄身他乡，而未尝丝毫流浪之苦，皆赖吾妹之恩赐也。我虽不敏，讵能忘怀？唯愿吾妹在平，注意学业，临风徒劳，勿作无谓之相思，加餐自爱，心切有用之实学。北地苦寒，想已积雪没胫，朔风凛冽，定亦肌骨生疼，吾妹体非强壮，而性又工愁，万望随时添衣，勿为病魔所侵，至祷至盼！吾此际功课，年终告竣，但明春尚须实习半载，约于槐花黄时，桂子香候，我等当整装来归，与妹共叙阔别。妹闻此信，能无快乐？纸短情长，不尽欲言，风便还希复我数行，以疗我之相思耳！

专此即颂

文祺！

孔仲林手启

十一月十五日深夜

　　安琪一口气地读完了这一封信，她心眼儿上是只觉涂上了一层糖衣那么的甜蜜，粉颊上的笑涡又深深地掀了起来，数月的相思，也化为乌有了。暗暗想道：照他信上所说，明年秋天的时候，他和有义不是可以学成回来了吗？啊！好容易的，我们悠久地分别了快近三个年头了，假使那时候我们见了面，我们心里又将如何的欢乐呢？安琪想到这里，脑海里立刻浮上了一个英俊青年的脸庞。她又瞧到信上开头这一句"安琪吾妹吻鉴"的话，她情不自禁地把信笺凑在小嘴上真的吻了一下。但她独个儿立刻又扑哧一声地笑了出来。你道为什么？原来她唇上是涂着殷红的唇膏，她在信笺上这一吻下去，便马上染印了一个红红的嘴巴印。她想想有些难为情，所以忍不住赧赧然地笑起来。不料正在这时，忽听背后也有一个女子声音，在哧哧地笑个不停。安琪知道事情不妙，一定嫂嫂在后面偷窥自己的动作了，遂连忙回头去望，果然见月华笑得花枝乱抖得直不起腰肢来。安琪心中这一羞涩，几乎连耳根子都通红了，秋波恨恨地白了她一眼，嗔道：

"嫂嫂，你鬼鬼祟祟的这算什么意思呢？倒把我唬了一大跳哩！"

"我因为瞧着有趣，所以情不自禁地笑出声音来了，却没有想到会唬了你，那真是抱歉得很，我向你赔个罪吧！"

月华这样的一取笑她，安琪自然更加的不好意思，一时恨不得可以钻到地洞里去躲藏一下。这就嗯了一声，伸手向她一扬，做个要打她的姿势，但接着她又奔到床边去，伏卧着身子，真有些羞得无地自容的样子。月华见她这样娇羞的神情，忍不住又呵呵地笑了，因为那封信留在写字台上，没有收藏，她索性走过去，拿来看了一遍。这时安琪却又从床上一骨碌翻身坐起，不依地说道：

"嫂嫂，你偷看私信，该当何罪？"

"杀头充军，随便你说吧！"

月华真也可人，她一面回答，一面索性在椅子上坐下，详详细细地看起来。安琪听她这样说，倒也弄得无可奈何了，遂慢慢地挨近月华身旁来，按了她肩胛，堵着嘴说道：

"我们的信竟是秘密公开的了。"

"给我瞧瞧那没有关系，因为我是大媒之一，我当然很关心你们的感情。假使姑爷在信中对你亲热，我自然放心。倘若他对你冷淡，那我就要写信去责问他了。"

安琪听她一本正经地回答，一时无话可说。心中反而暗暗感激她这样热心关怀自己，遂笑了一笑，说声你是好人！月华却不理会她，仍旧认乎其真地说道：

"姑爷真也糊涂，好好信笺上，却染了两堆红墨水渍。"

"哪儿有什么红墨水渍呀？"

"喏！这不是吗？"

"啐！你真是个坏东西！"

月华听她还没有明白地问自己，暗想：这姑娘怎么也老实起来了？于是笑嘻嘻地把信笺上的一个嘴印一指，俏皮地回答。安琪这才明白她又在取笑自己了，遂恨恨地打了她一下肩胛，忍不住也嫣然地笑了。月华笑过了一会儿之后，方才认真地说道：

"笑话说过算了，我们谈正经的吧！"

"在你嘴里，还有什么正经可谈呢？"

"啊呀！照你说来，难道我这人就不配谈正经吗？"

安琪不答，伸手去拿过热水袋，抱在怀内，坐到沙发上去。月华跟着站起，也坐到她的身旁，瞟了她一眼，笑道：

"明年秋天里，姑爷终算可以回来了，那时候你们不必再两地相思，可以团团圆圆地在一起。我向爷爷说，给你们就在月圆时节，来一个洞房花烛，你说这些话是不是正正经经的呢？"

"不正经的！"安琪把嘴一嚜，笑盈盈地逗了她一个娇嗔。

"那你就未免不识好人心了。"

"嗯！你骂我？"

"我骂你什么呀？"

"你骂我是只狗。"

安琪滚在她的怀里撒娇着说，还像个小孩子似的。月华听她很老实地说出来，一时倒忍不住又哧哧地笑了。就在这时候，奶妈抱了一个周岁有零的孩子走进房来。月华立刻又笑着说道：

"瞧我们的小宝来了，你这么大的一个姑姑，也不怕被侄子笑话吗？还缠在我的怀内闹不依哩！小宝，过来，你说，姑姑不怕难为情，难道跟小宝抢妈妈吗？"

月华这几句话说得奶妈也笑了，原来在这两年中，月华已养了一个儿子，因为大家都疼爱孩子，就都叫他小宝贝儿，久而久之，他的名字也变成小宝了。小宝已经一周岁多了，他这几天牙牙学语，已会喊爹叫妈，小孩子在这个时期当然格外的讨人欢喜。当时安琪连忙坐正了身子，两手一拍，伸了臂膀，笑嘻嘻说道：

"小宝，姑姑抱你，疼你，爱你。你妈是个电话听筒，胡说八道专门向人家开玩笑的，你将来不要听从她的话，知道吗？"

"啊呀呀！瞧你这些话倒真的太没有分寸了，你把侄子若教成了一个忤逆不孝的，我可要跟你算账的。"

"奶奶，你别着急呀！小少爷这些年纪，他还一些不懂得什么呢。"

安琪、月华听奶妈这样的说，一时觉得奶妈真老实得可怜而有趣，两人益发咯咯地笑个不停。小宝原不懂什么，他此刻在安琪怀内，见姑姑这么大笑，他小身体跳了两跳，莫名其妙地也咯咯地笑出声音来了。安琪吻着他小脸孔，说道：

"我们笑，你也笑，你知道我们在笑些什么呢?"

"我们小宝很聪明，他当然知道的，因为姑爷来了信，说明年秋天可以回来了，那时候你们结了婚，马上养个白白胖胖的大儿子，我们小宝不是有个表兄弟了吗?"

"奶奶这话说得真好，俗语说，一个变两个真困难，两个变三个就很容易了。"

奶妈也凑趣地笑着说。月华瞟了安琪一眼，更加哧的一声笑了。安琪觉得奶妈这句话有些粗俗，不大雅听，但像她这么身份，说这一种粗话，似乎又觉得怪不了她。因此绯红了娇靥，逗了她一个白眼，也不免嫣然好笑起来。

大家说了一会儿，小宝却撒尿了，险些污了安琪的衣服。这就呀了一声，连忙交还给奶妈，一面说道：

"小宝，你这孩子就不识相，姑姑难得抱你一会儿，你就老实不客气地给我赠品了。"

"这是我们小宝瞧得起你，才给你黄金万两的，要不然他真不高兴撒到你的身上来呢!"

月华一面笑嘻嘻地说，一面便叫奶妈跟她回房去给小宝换尿布了。这里房内又只剩了安琪一个人，刚才嬉笑热闹，此刻又归至沉寂。安琪慢慢站起身子，走到写字台旁，仰首见窗外却已飘起纷纷的大雪来了。见了这搓粉似的大雪，在安琪心头也会感到一阵寒意，于是想到这么冷的天气，仲林、有义他们在军校里学习军训，倒实在是件辛苦的事情，假使体力稍弱一些的人，怎么能受得了呢? 因此她倒又代为他们暗暗地担心。一面取了仲林来信，又瞧了一遍，念到"风便还希复我数行，以疗我之相思"等句。这就很快地坐在桌旁，抽了一张信笺，取出自来水钢笔，簌簌写道：

仲林吾哥吻鉴：

　　顷奉手教，快同面谈，觉深情蜜意，每流露于字里行间，使妹感到心头，其滋味为甜，其境遇为快，其情况为温柔而美满。虽然，天涯游子，兰闺梦魂，妹之思哥，当亦如哥之怀妹也。但丈夫志在四方，岂在儿女情长？况良缘早缔三生，毋恨南北间隔。哥怨东风浪荡，妹盼皓月团圆。一年容易，转眼即桂子飘香。两字相思，此夕竟灯花结蕊。他年画眉人归，喁喁诉别后积愫；异日同心愿偿，脉脉含合欢幽情。读哥兰言，挹哥风姿，言念及此，心以为快。第粤地气候，冷热不匀，故有"四时皆如夏，一雨便成秋"之句。南国生活，恐北人未惯，万望一切小心。设若偶染感冒，则嘘寒问暖，谁为侍奉？添衣加餐，乏人料量。知心人远，触目多萍水之交，怅望云天，入耳尽异乡之音。妹因是为愁，致每一合眼，即梦见吾哥。醒后自思，疑真又复疑假。故即挥毫切切问哥起居，所望裁笺作答，殷殷报我平安，叮咛去雁，立贮还云。祝哥学业日进，并颂康健！

妹谢安琪谨启
十一月十九日

安琪一口气写完了这封信，她觉得手有些冻得发僵，遂两手搓了搓，放在口边呵了两口热气。然后又写了信封，把信笺折好，纳入信封内，用糨糊粘好，贴了邮票，走出房外，吩咐小红去丢入信箱了。

光阴匆匆地像流水般地飞逝过去，一年容易，转眼之间，终于到了第二年的秋天了。安琪已经接到过仲林的来信，说在这月底将返平来共叙阔别。安琪接到信后，先翻日历，见上面印着的还是八月十九四个字，计算起来，还有十一天。安琪这时候的芳心里，真是又甜蜜又喜悦，又高兴又焦急。在她心头，最好一会儿天亮了，一会儿天黑了，这十一天的日子希望过得特别快。但是她的感觉上，却认为这几天的日子里，时间反而过得特别的慢，连时辰钟嗒嗒的声音也响得分外缓和，这简直是和安琪有意在作对的样子。其实呢？时间是和平日一样地过去，安琪所以有这种感觉，也无非是她的心理作用而已。

事情是出乎意料之外的，谁知在二十四日清晨七点钟之间，安琪拥在被窝里还在做她的好梦，忽然小红匆匆走进房来，急急地叫道：

"小姐，小姐，姑爷和张少爷回来了，你快起来吧！"

"这是我做梦呀！"

原来安琪在梦中也梦见仲林回来了，她此刻被小红唤醒，还有些糊里糊涂的神情，说了这一句话。倒害得小红扑哧一声笑起来，说道：

"小姐，不是做梦呀！真的，姑爷和张少爷都回来了，他们此刻在会客厅里正和老爷、少爷说着话哩。"

"啊！真的吗？"

安琪揉揉眼皮，方才听明白过来了，这就一骨碌翻身坐起，惊喜交集地问她。小红笑眯眯地说道：

"小姐睡得正熟，我怎么敢跟你开玩笑？好端端地叫醒了小姐，那我岂不是有了神经病吗？当然是真的，姑爷和张少爷真有趣，变换一个人样儿了。"

安琪听她这样说，知道仲林果然回来了。也不知什么缘故，她那颗芳心顿时像小鹿般地乱撞起来，立刻披衣起床，穿上了那双青绒拖鞋，预备向外就走。小红笑道：

"小姐，好歹姑爷人已来了，你何必急得这一份样儿？怕他马上又会走了吗？我想你也该洗个脸再走出去见他们才是。"

"可不是？都是你，催我快起来，快起来，倒把我催得七荤八素的糊涂起来，那么你快把洗脸水去倒上来吧！"

安琪被小红这样一说，她当然很难为情，这就把走向房门去的步子又缩了回来，红晕了娇靥，一面向她嗔恨地埋怨，一面便走到面汤台去了。小红扑哧地一笑，也不作答，急急地把洗脸水去倒上来，放在面汤台上。安琪也许是过分兴奋的缘故，所以她那颗芳心终是跳跃得特别的快速。很快地洗完了脸，漱了口，正欲对镜擦粉抹脂的时候，忽听一阵皮鞋脚声响进来。安琪从镜子里望到房门口那个进来的人，身穿一件褪了颜色的黄卡其制服，面孔黝黑，好像是个非洲黑人的样子。安琪吃了一惊，连忙回身去望，仔细向那个人一打量，不是仲林，还是什么人呢？她猛可想到小红说的姑爷变换了一个人样儿的话，这才明白过来，于是满面堆笑地叫了一声仲林，她伸张了两臂，奔了上去，投入仲林

84

的怀抱，把他的脖子，紧紧地抱住了。

仲林这时怀内抱住了安琪软绵绵的娇躯，心头也真有说不出的喜悦和得意，好一会儿之后，方才慢慢地推开安琪，望了她一眼，笑道：

"安琪，你没有想到我们这时候会回来吧？"

"可不是？你信中不是说要在月底可以到北平吗？嗯！你为什么要瞒我呢？"

安琪乌圆眸珠，在长睫毛里滴溜地一转，逗了他一个倾人的媚眼。但又偎了上去，噘着小嘴儿，仿佛孩子那么的撒娇起来。仲林紧紧地握了她纤手，非常爱她的样子，笑道：

"怎么？两年多没瞧见，你倒越发像孩子起来了。"

"不！实实足足的已经三年了，这悠久的三年日子来，人家等得多心焦呢！"

"可是，现在我们到底又在一块儿相逢了。"

"是的，叫人望眼欲穿的，这是多么不容易呢！仲林，从今以后，我再也不愿意你离开我了。"

安琪哀怨的明眸逗了他一瞥凄凉的目光，紧偎在他的怀内，低低地说。仲林听了，心里真有些说不出什么滋味的难过，但他脸上还含了一丝苦笑，轻轻说道：

"我也希望和你再不要分离了，安琪，你好像清瘦一些了。"

"是因为想你哪！"

仲林一面说，一面伸手抬着她的下巴，向她淡白的粉脸上打量着说。安琪有些情不自禁地回答，但既然说出了口，倒又难为情起来，白皙的两颊，立刻又透现了玫瑰花朵那么娇红，赧赧然地逗了他一个媚眼，却垂下头来。仲林听了她的话，又见了她的意态，想着了"为郎憔悴却羞郎"之句，觉得洵不虚矣！一时颇为感动，遂温情蜜意地把她纤手抚摸了一会儿，笑道：

"安琪，你瞧瞧我，我还像从前的仲林了吗？"

"怎么不像？我说你还是和从前一样的可爱。"

安琪还以为他说的是因为现在他皮肤黝黑活像一个小黑炭的样子，为了表示自己仍旧痴心爱上他的意思，所以她以顽皮的表情，笑盈盈地说。仲林似乎也明白她这一层意思，但却摇摇头，笑道：

"不！我现在确实有些变了。"

"外形纵然变了一些样子，但我相信你内心一定不会变，还和从前一样的。"

"恐怕连我的内心都完全的变了！"

安琪听仲林这样说，一时误会了他的意思，粉脸立刻显现了惨淡的颜色，十分失望地逗了他一瞥哀怨的目光，说道：

"难道……难道……你在这三年中外面另外的又结交了女朋友吗？"

"啊！你……这话是打哪儿说起的呀？"

仲林被她没头没脑地问出了这一句话，一时忍不住惊叫起来，遂向她慌张地诘问。安琪有些眼泪汪汪的样子，叹了一口气，说道：

"你不是说，你在这三年中连内心都完全变了吗？你自己也承认你不是过去的仲林了，那……那……你如何对我还有什么好印象呢？"

安琪说完了话，颓然地走到沙发上去坐下了，她垂了螓首，显然真的在流眼泪了。仲林方才明白她是错理会了自己的意思，一时忍不住扑的一声笑了，遂很快地跟了上去，偎着她一同坐下，笑道：

"安琪，你弄错了，我说我的人变了，并不是指对你的爱情变了呀！老实说，对你的爱情，纵然天老地荒，海枯石烂，我的心也不会再变的了。"

"那么你说你的内心也变了，这是变的什么事情呢?"

安琪被仲林这么一解释，她倒又破涕嫣然起来了，遂把秋波斜乜了他一眼，忙着急急地问。仲林见她一会儿笑，一会儿流泪，真是不脱孩子的成分，遂告诉她说道：

"我从前的人，一些也不老练的，而且非常怕难为情，跟人家陌生人说话，有时候常常还会脸红的。最大的缺点，就是情感太浓，性情太懦弱，没有决断的能力。但如今不同了，我在这三年的训练中，我的性情大变，似乎不再像从前那么的有女孩儿模样了。我说的变就是变在这儿，你不是误会我的意思了吗?"

"是的，你现在是个刚强而勇敢的军人了，当然不会再像三年前那么羞人答答的样子了。你记得吗? 我和你第一次在街上一同谈话的时候，恐怕我也比你要老练一些呢!"

安琪的心里既然消去了误会之后，她此刻挂着眼泪，倒又向仲林取笑起来了。仲林见她这神情分外的妩媚可爱，一时也不免笑起来。忽然他又想到了一桩心事，立刻收束了笑容，急急地问道：

"安琪，在这三年中的日子，我家里难道一封书信都没有寄来吗？"

"是呀！我在学校里也关照过校役，说有孔仲林先生的家信到来，千万来交给我，我还答应重重地谢他，可是校役说并没有发现过有孔仲林的家信寄来过，所以我心里也真觉得奇怪呢！照说，现在邮政是不会再遗失信件的了。"

"我这几年来，信件不断地写去，可是始终没有一封回信来。就是有义的家里，也一无音讯，所以据我们猜测，我俩的家庭多半是已经毁灭的了。"

仲林说到这里，深长地叹了一口气，但是他现在不会再流弱者的泪。他只有铁青了脸，咬牙切齿的表情，大有欲生啖敌人之肉的神气。

安琪虽有安慰他的意思，但一时却说不出什么话来才好，因此也只有叹了一声，表示非常同情而又难受的样子。正在这时，小红端了牛奶咖啡，还有一盘威士忌的早茶饼干走进房来，安放在百灵桌子上，低低地说道：

"小姐，你陪着姑爷可以吃早点心了。"

"我想跟他们在外面一块儿吃好了，为什么要拿进房中来我们两个人吃呢？"

仲林不等安琪开口，他先这样地说。小红微微地一笑，含有神秘的样子，逗了他一个媚眼，低低地说道：

"这是奶奶的意思，她说给你们可以亲亲热热地多谈一会儿话哩！"

小红说着话，便抿嘴笑着又走出房外去了。仲林望了安琪一眼，安琪却赧赧然地报之以微笑，一面拉了他的手，便走到百灵桌旁来坐下了。仲林握了杯子，喝了一口牛奶咖啡，他不胜感慨的样子，说道：

"这个滋味，整整有三年没尝到了。"

"难道在军校里的生活竟是这么的苦吗？"

"不过太舒服了，那当然也不好，否则，还是在家里去做做大少爷吧！"

"我很想知道关于你在军校里的一点儿生活，你能告诉我吗？"

安琪听仲林这样说，一时两颊倒不免浮上羞愧的红晕，觉得自己日常的生活实在太贵族化一些了，明眸脉脉地望着他棕色的脸，低声地问。仲林说道：

"我们的生活，一入校门，就完全是军队化。最严格的条件，就是守纪律，服从命令，第一年的冬天，我和有义也真有些吃不消。"

"怎么啦？"

"因为每天早晨天刚发晓，就得早操，一听到集合的军号，马上得从被窝内披衣起身，到教场上报到。"

"为什么要这样早呢？寒冬的天气，这样子一热一冷，不是很容易受寒生病吗？你刚去时候身子也不很健康，那怎么受得了？"

安琪微锁了细长的眉毛，很忧煎的样子，低低地说。仲林笑了一笑，把一杯牛奶咖啡都喝完了，然后说道：

"既已到了里面，你受不了，也得受下去，那是没有什么办法呢！其实说，这道理很对，军队生活，当然是苦的。假使不先锻炼起来，那么将来如何还能到冰天雪地的关外去杀敌？所以我今天才相信世界上的英雄，绝不是生下来就是个英雄。世界上的瘪三叫花子，也绝不是生下来就是做瘪三叫花子的。这都是自己奋斗和堕落所致的。"

"你这话虽然很对，但你初过这种生活，你一定感到很苦的吧？"

"苦的事情我告诉你呀！天才发晓就早操，早操的时候先跑步。刚起身确实有些冷，但经过跑步之后，满身倒又跑出汗来了。不过等停止跑步立正报数的时候，那就苦了。"

"既然跑热了，怎么还会苦呢？"

仲林这几句话，安琪听了，倒又表示不明白起来，凝眸含矍地望着他，插嘴追问。仲林笑了一笑，说道：

"你该知道寒冬的清晨，这是西北风吹刮得最厉害的时候。我们立正之后，全身受到西北风发狂般的吹袭，说来不信，头颈里的汗水，立刻会凝成了冰屑，几乎把我们的脖子冰冻住了。所以有几个体力弱的同学，不能支撑而跌倒在地上，因此连忙送到医务室去。"

"啊呀！这不是读书，简直是受罪呀！"

"但是，我和有义已锻炼成铁一般结实的身体了，以后我们无论苦到怎么样的程度，我们也都可以熬得住了。"

安琪的心里，真有说不出的敬仰和感动，她伸过臂膀来，紧紧地握住仲林的手，激昂地说道：

"仲林，你真是一个伟大的人，我将跟在你的身旁，慢慢学着你那种大无畏的精神吧！"

"你？你……只怕受不了这种苦楚。"

仲林笑了一笑，把她白胖的手抚摸着回答。安琪把胸部一挺，鼓着红红的小腮子，显出那份勇敢的精神，说道：

"为什么？我难道不是人吗？假使我也有跟你一样奋斗的决心，那我一定也可以跟着你干同样的工作。"

"不错，但就是怕你没有这样的决心。"

"你不要小觑我，假使我没有这样决心，我就不做孔仲林的太太。"

安琪很生气地白了他一眼，愤愤地说出了这两句话。仲林倒忍不住哈哈地笑起来了，安琪被他一笑，倒又觉得难为情，羞红了粉脸，故意问道：

"你笑什么？"

"没有什么，我说你这话很对，孔仲林的太太当然也是一个有思想有志向的女丈夫，我希望她将来还是她丈夫的好帮手。"

"那不是我来吹牛，我们的姑娘也是一个好人才，将来给姑爷做帮手，这是姑爷理想中最好的一个贤妻。"

不见其人，先闻其声，原来月华和有义齐巧走进房来。因为听仲林这么的说，所以月华先笑盈盈代为说出了这两句话，接着跟在后面的有义也忍不住哈哈地笑起来了。安琪红了脸，连忙站起相迎，笑盈盈地还和有义握了一阵手，一面招呼，一面表示十分亲热的样子，有义笑道：

"谢小姐，记得我们分手的时候，你曾经拜托我要好好地照顾仲林，现在虽然时隔三载，但我把仲林仍旧不短少什么地好好送回北平，终算我也尽了一份责任了。不过有一件事，我觉得对谢小姐却表示十二万分的抱歉。"

"张先生，你说的是什么事情呀？"安琪心头别别一跳，她的神情倒有些紧张。

"离开北平的时候，仲林还是一个标准的小白脸，但回到北平的时候，他竟变成一个小黑炭了，这不是使谢小姐有些厌恶吗？"

大家的心里，还以为有义不知说出些什么正经话来，等到听明白了之后，方知他是在大开玩笑，一时由不得都忍俊不禁。安琪逗了他一个娇嗔，笑道：

"张先生，你还是那么老脾气，总爱说笑话。"

"就是人样改换了一个罢了，天天晒太阳，吃西北风，三年下来，我们的脸，连自己都有些陌生起来了。"

"可是我却一些也不陌生，并没有叫你王先生呀！"

安琪也怪俏皮地说，于是众人又笑了一阵。这时钟鸣九下，仲林哎了一声，向安琪望着说道：

"你不是该上学校去读书了吗？"

"怎么你也糊涂起来了？我们学校里还没有开课哩！嫂嫂，爸爸呢？"

安琪一面含笑回答，一面又向月华低低地问。月华说道：

"爷爷和你哥哥办公去了，不过他们说午饭恐怕回家来吃，要给张先生和姑爷洗尘哩！"

"那么我们早些打个电话给一家春，叫他们酒席可以备得丰富一些。"

"姑爷和张先生刚才都不赞成去叫酒席，他们说现在应该要节约，不能太浪费，所以我已吩咐厨房里自己烧几样可口的菜吃，那也很好。"

月华这样的告诉她，安琪也就不说什么了。大家坐在房内的沙发上，一会儿谈这样，一会儿谈那样，三年中的事情，怎么能谈得完？所以一转眼，已经十一点半了。月华说爷爷和守仁恐怕也快要回家了，我们还是坐到会客厅里去。大家赞成，有义、仲林先跟月华出外。安琪把青绒拖鞋换了一双皮鞋，方才也到会客厅里来陪伴他们了。

中午十二时正，启棠和守仁果然回家来了。仆妇们已开上了饭菜，有义、仲林说不喝酒，启棠因为也不是一个善饮者，所以他也并不强劝他们，大家很实惠地就吃饭了。吃饭的时候，启棠便向他们细细地探问，这次毕业之后，有没有新任务？往后预备怎么样地发展？仲林告诉他们，说他和有义自入校后，颇受师长们器重。尤其是张学海对他们更加另眼相待，在他们毕业前半个月，已经把他们派入第三十九师部下六十一团与六十二团团长之职。现在三十九师驻南京，所以我们请了一个月的假期，回北平来一次，不久就要归南京师部去任职视事。启棠听了，点头称赞了他们一番。但安琪却蹙了眉尖，颇为忧愁的样子，默不作声。饭后，启棠和守仁又到财政厅里办公去，这时仲林见一个奶妈手里抱了一个孩子，白白胖胖，生得颇为可爱，遂含笑问道：

"这个孩子是谁呀？哦！哦！莫非安琪前儿信中告诉我的，就是大嫂的儿子吗？"

"是的，小宝，你快叫一声，这是张大叔，这是孔大叔。"

安琪点头含笑，她抱过小宝的身子，指着有义和仲林，微笑

着教他说。月华却立刻插嘴说道:

"小宝,这一个你得叫声姑爸,妈欢喜你。"

小宝今年名义上算是三岁,但照他十足年龄算,两岁还不到。但这个小孩子很聪明,他已学会了很多的话。听月华这样教他,遂向仲林真的喊了一声姑爸。有义和月华奶妈都笑起来,倒把仲林弄得有些赧赧然。安琪红了脸,亲着小宝的小面孔,也忍不住笑了。月华瞟了仲林一眼,笑道:

"这也算不得什么,难道这会子姑爷倒还怕起难为情来吗?"

"他现在怕难为情,你们再也看不出来。因为他的脸皮,红的颜色是显不出来的。"

有义这句话,倒把众人说得又笑了一阵。大家谈说了一会儿,安琪提议请客瞧电影去。月华说好的,你们三个人去瞧两点半一场的,回来吃点心。安琪道:

"嫂嫂不去吗?"

"我在家里还得照料照料,姑爷和张先生睡的房间不是也该收拾收拾吗?"

"我们马马虎虎有三块木板睡一下子就行了,密昔司谢,你不用太客气的。"

"你放心,我绝对不和你们客气的。"

月华望了有义一眼,微笑着回答。这时安琪站起身子,催仲林、有义可以开步走了,有义不知怎么的有了一种感觉,忽然皱眉说道:

"看电影我也没有什么胃口,刚才路上疲劳了一阵子,此刻倒想静静地休息一会儿,我想还是你们两个人去吧!"

"张先生既然想休息一会儿，那么我马上吩咐王妈把床铺在西厢房里搭起来吧。"

月华是个聪明人，她似乎也知道有义无非是成全他们的意思，这就向有义会心地一笑，连忙这么地回答。安琪、仲林不是含糊的人，他们自然也很了解有义的美意。因为两小口子分别了那么久，心里要说的话，刚才早晨短短的时间内如何说得完？那么在他们心中当然还希望有机会能够柔情蜜意地私密地再谈一谈，所以对于有义的成全，也求之不得的事情，当下辞别了两人，便匆匆地向外面走了。月华已向仆妇们吩咐了，然后递了一支烟卷给有义，说道：

"张先生，你这人很好，非常喜欢成人之美。"

"其实这是应该的事情，我终不能这样的不识时务啰！"

有义欠了身子，道了谢，他把烟卷吸着了，笑嘻嘻地回答。月华沉吟了一会儿，秋波斜乜了他一眼，说道：

"张先生，刚才我听姑爷说，你们这次回北平还是请假来的，那么以后到了南京去之后，什么时候能再回北平来？这不是没有一定的日子吗？所以我的意思，倒预备给他们就此来一个洞房花烛，那么在我们两个媒人的心里，不是完了一个心事吗？"

"你这意思，我当然非常赞成。不过，第一还得征求老伯的同意。"

"对于这个事情，在我们接到你们来信的时候，我就先向爷爷和安琪讨论过。安琪的心里，那不用说，她自然也希望早日团圆，免得夜长梦多。至于爷爷的意思呢，他是以安琪的意思为意思，所以他也没有什么问题的。现在的问题，倒是在仲林的身上，所以这就不得不又来费你大媒老爷的心了。"

"在我这是应尽的责任，谈不到'费心'两个字。密昔司谢！那我回头一定把你们的意思向仲林告诉。据我猜想，仲林对于结婚当然也欢喜。不过在经济能力这一方面，恐怕就有些困难了。"

有义把烟灰弹了一下，他先代为仲林感到忧愁地回答。月华笑着摇摇头，说道：

"这个你可不用担心，你们现在的环境，我们是完全知道。所以结婚的费用，那自然由我们负责。就是新房问题，我们也考虑过，仲林可以不必另外再去寻找。反正这房屋很大，我们正屋朝东还有三间楼房，那边取名为孔雀厅，给姑爷、姑娘居住很为贴切，因为这是包含了雀屏中选的意思。"

"你说得真好，不过在仲林心中想来，他一定很感到羞愧的。"

"张先生，你不要这么说，仲林是个好人才，将来飞黄腾达，岂是池中之物，所以我们安琪嫁给了他，实在是她好福气呢！"

月华那种热诚的个性，确实使有义很是感动。他频频点头，用了赞叹的口吻，说道：

"像你这么一个好嫂嫂，我觉得在这社会上实是不可多得的。"

"张先生，你又说笑话了，这也算不了什么好呀！"

"好人所做的事情，大多数她自己是不知道好的，假使她自己也认为是好人，那就算不得是真正的好人了。我希望世界上做嫂子的人，个个都像你那么热诚真挚，宽宏大量，对待着姑娘，这世界真是太美丽了。"

"张先生，你说话真带有些诗意，我想你一定是俄国大诗人普希金的崇拜者。"

有义被她这么一说，一时倒忍不住哈哈地大笑起来了。两人这样的东谈西谈，大家也忘记了时间，一忽儿，天色慢慢地黑暗下来。启棠和守仁也回家了，问仲林、安琪到什么地方去了。月华告诉说瞧电影去了，大概他们在外面吃点心了，于是吩咐厨房里把大馒头热气腾腾地盛出来。在吃点心的时候，启棠也和有义说起给他们结婚的事情，有义自然连连地点头称好。不多一会儿，安琪和仲林也回家了，彼此又谈笑了一会儿，方才吃夜饭了。

晚上，有义和仲林睡在西厢房里，他把启棠的意思，向仲林悄悄地告诉。其实仲林在电影院里，也已听到安琪向自己先吐露过一些这个意思。虽然觉得这样不负责任地结婚在自己心里实在有些惭愧，但到底因为被安琪的痴心所感动，这就红着脸也就答应下来了。

婚事在双方洽议不成问题，于是三天之后，报纸上就登载了一则孔仲林和谢安琪假座燕华酒楼的结婚启事。这一天贺客如云，车马盈门，当然是十二分的热闹，但热闹的时间终于慢慢地过去了，剩下了满天星斗，显然夜已经是深沉了。

这是孔雀厅楼上最近布置成的一间新房里，房中一堂全新的红木家具，此刻在那双融融花烛的燃烧下，以及仗亮灯光的笼映中，更觉得金碧辉煌，十分的富丽。孔仲林眼望着鲜艳夺目的新人，鼻闻着室内蕴藏着一阵阵细微的幽香，一时只觉得眉飞色舞，甜蜜无比。小红把绿绒窗幔拉拢，让明月推出了窗外，然后说声姑爷晚安，含笑悄悄地退到房外去了。仲林呆呆地站立了一会儿，他见安琪那种羞人答答的样子，一时不知道该先说一句什么才好。这时候安琪也把俏眼偷偷地瞟了他一下，却赧赧然地一笑。这一笑在仲林的眼里看来，真有说不出的娇艳动人，妩媚可爱，于是他情不自禁地走了上去，在床边和她一同坐下，紧紧地握了她的手，笑道：

"琪妹，我们真的成为夫妇了。"

"仲哥，你这话可不是有趣？三年之前，我们早就成为夫妇了。"

"三年之前，我们还只有订婚，如今是实行做夫妇了。"

安琪被他这么一解释，觉得实行两字，多少包含了一些神秘的成分，一时芳心别别地乱跳，那涂过胭脂的粉颊这就更加的娇红起来了。仲林被她媚得有些心荡，这就有些情不自禁地钩住她的脖子，凑过头去，在她小嘴儿上甜甜蜜蜜地吻住了。

良久，良久，安琪才气喘地推开了他，秋波含情脉脉地瞟了他一眼。这目光包含了三分是喜悦，三分是甜蜜，而四分是羞涩的成分，接着垂了粉颊，却嫣然地笑了。

这晚，一个郎情如水，一个妾意若绵，说不尽的千般恩爱，万种旖旎。真所谓如鱼得水，如水得鱼，这新婚燕尔之乐，岂是笔墨所能形容其万一呢？

芙蓉帐暖，芍药花开，在甜蜜的光阴里日子是更过得快一些。一转眼之间，一个月假期已经是将完了。安琪虽有跟了仲林同赴南京去的意思，但仲林却劝她不要太儿女情长，应该以学业为前提。因为安琪再过一年，在清华大学也可以毕业了。安琪听了仲林的劝告，也就打消了同赴南京去的意思。这对新婚未久的小夫妻，终于在一个秋风飕飕的黄昏中，含了离别的热泪，暂时地分别了。

光阴是不停止地过去，一会儿春，一会儿秋，转眼又是一年了。安琪已是大学毕业，她的意思预备到南京启秀女中去执教，借此可以和仲林见面在一处。但仲林来信，却劝她不必去南京执教，因为他们不久就要开赴关外去接济马将军的军力，和鬼子作战。安琪得了这个消息，心中日夜不安。因为仲林要到关外去打仗，这是多么危险的一件事情，虽有劝阻他的意思，但在信上却也说不出口来。明知即使劝阻也没有什么用处，所以她索性写封信去鼓励他一番，不过叮嘱他能够在军队开赴关外之前，再回北平来夫妇团圆几天。

直到寒冬的季节，仲林才翩然来归。他和安琪见面，真是悲喜交集。这天晚上，夫妇两人长谈了一夜。方知仲林已经升为旅长之职，这次回平，原是军队开赴关外，路过这儿，所以顺便前来探望，大约三天后便即要走。并说有义和他在一起工作，他大概明天来瞧望你。安琪听了这个消息，在喜悦之中觉得甚为悲酸。因为这次聚首，最多不过三天，便即分手，以后几时重逢，真是难以预料。因此凄凉浮于脸上，大有泫然泪下之情形。仲林为了爱国心切，杀敌志坚，所以没有办法，也只好竭力以大义安慰之，并劝她努力从事教育工作，替国家尽一份责任。安琪很为感动，也只有点头答应而已。第二天早晨，有义果然匆匆而来。月华早已备了一席酒筵，给他们接风，启棠和守仁也赶回家中来吃饭的，大家当然又谈了许多的话。三天的日子好像眼睛一霎，仲林分别了爱妻，他带领了数千的铁血健儿，终于达到了他杀敌的愿望，向冰天雪地的关外出发前进了。

　　仲林、有义这一支军队驻扎在凤凰山藤丝堡上，他们打听得东北义勇军都是神出鬼没，可说到处都有。在长白山上有支义勇军，最为厉害。仲林欲和他们联系一起，以便彼此有了接应，可以雄厚兵力。所以和有义商量之下，决心乔装改扮，单身向长白山一走。不料被义勇军误作是敌人的奸细，遂被捕上山。这真是做梦也想不到的事情，谁知道义勇军的头脑不是别人，却是自己的嫡亲哥哥孔伯坚。兄弟相逢，恍若梦中，这就抱在一起，忍不住悲喜交集地痛哭起来了。

第五回

　　九一八事变发生之后，孔伯坚在敌人残酷的压迫和侮辱之下，他那个温情而美满的家庭，从此便粉碎了。年老的爸爸，贤淑的妻房，活泼的儿子，都硬生生地被敌人杀死了。剩下他一个家破人亡虎口余生的可怜人，他精神上所受的刺激，是多么的可怜痛苦啊！

　　孔伯坚并不是生成就是个抗敌的民族英雄，他本来原是个笃实忠诚的农夫而已。他并没有什么了不得的志向，他平生的希望，就是能够侍奉父亲，养育妻儿，在这个美丽的家园里共聚着天伦之乐。然而事实上不允许他这样的生活，敌人逼得他家破人亡，敌人逼得他无路可走，敌人逼得他激发了壮烈的志向，于是在这四五年的日子中，敌人就逼成了孔伯坚做一个民族英雄，杀敌人的祖宗。

　　孔伯坚站在长白山的顶尖儿上，望着满天的大雪，纷纷地像搓棉似的狂飘。俯视着白漫漫的河山，犹若一片琉璃世界。伯坚想着河山无恙，但故乡沦亡已达四五年之久，父死妻亡儿遭殃，何年何月能光复河山？痛定思痛，由不得热泪长流，这就百感丛生，口占七绝四首，方欲入营记录下来。忽见众弟兄押上一个奸细，正预备向他审问的时候，不料那奸细已呼哥哥。仔细相认，原来竟是弟弟仲林，当下手足重逢，悲喜交集，由不得抱头大哭起来。弟兄们中有一个叫白克强的，他也算是个大队长之身份，当下便在旁边劝道：

"孔指挥，既然兄弟重逢，这是一件喜欢的事情，所以大家不要伤心，还是到里面去休息一会儿吧！"

"白队长言之有理，弟弟，我们到里面去长谈吧！"

孔伯坚方才收束泪痕，拉了仲林的手，亲热地说。仲林也把颊上的泪水拭去，点头称好。于是兄弟两人步入山洞里去，东弯西绕地走了一阵地道，方才来到一间很大的石室，里面烧着好几堆的树枝，凭着融融的火光，可以见到室内有十多张桌子。这时桌子边都有人坐着工作，他们一见孔指挥带领一个陌生人进来，大家都抬头显出惊异的神色，数十道目光全都向仲林炯炯地扫射过来。伯坚把手一摆，说道：

"诸位弟兄，我来给你们介绍介绍，这位是我分别了五年的弟弟孔仲林，他今天突然会找到我们这儿来，我相信他一定给我们有很大的帮助。"

"欢迎！欢迎！"

弟兄们齐声地说，还不约而同地拍了一阵手。

"弟弟，我也给你个别地介绍介绍，这位是白克强大队长，谅必你刚才在外面已经见过了。这位是秦得忠大队长，这位是金志彪大队长，这位是陈先树大队长，这位是李武中队长，这位是周道明中队长，这位是魏国勇中队长，这位是徐耀忠中队长，这位王阿狗小队长，这位沈阿毛小队长……"

伯坚这样一个一个地介绍着，仲林也就和他们一个一个地握手。当他和沈阿毛握手的时候，阿毛便笑嘻嘻地叫道：

"仲林哥，你还认得我吗？"

"沈阿毛这三个字倒有些耳熟，但……我却想不起来了。"

"仲林哥，我就是沈老实的儿子，从前在你爸爸私塾里念过书的。"

"哦！哦！不错，我记起来了，可是你个子长得不小，那就无怪我不认得你了。"

"是的，我们整整五年不见了，我现在还有气力可以杀几个敌人哩！"

沈阿毛拍拍胸部，得意扬眉地说。仲林把他紧紧地握了一阵手，忍不住哈哈地大笑起来了。伯坚于是又请仲林到里面一间指挥室，仲林见室内只有一张桌子，一张床铺，两把椅子，还有许多箱的枪弹和步枪。伯坚和他坐下，给他在瓷缸子里倒了一杯热开水。仲林先急急地问道：

"哥哥，爸爸、大嫂、侄儿他们的人在哪里呀？"

"唉！弟弟，爸爸……他……们……都已被敌人杀死了。"

仲林这句话问到伯坚的心里，仿佛是刺上了一枚利箭，他一面告诉，一面眼泪已大颗地滚了下来。仲林一听到这个消息，愤怒已超过了伤心，他怒目切齿地猛可以拳击桌，大声骂道：

"杀父之仇，不共戴天，我若不杀尽敌寇，誓不为人！大哥，你……你……把这几年中的情形，能否详细说给我听听吗？"

"唉！这真是一言难尽……"

伯坚长叹了一声，方才把九一八事变，自己家破人亡的情形，向仲林告诉了一遍。仲林听了，想起父亲、嫂嫂、侄儿的惨死，由不得也流下泪来。这时伯坚又沉痛地说道：

"弟弟，鬼子逼得我无路可走，我们若不再起来反抗，那我们不是也得死在敌人的铁蹄之下了吗？就是这个沈阿毛的爸爸，那天在稻田里工作，也被敌人无辜地杀死了。他的母亲，险些遭侮辱，她一想丈夫已死，做人也是无味，所以为了保全清白，跳井而死。总而言之，鬼子铁蹄所到之处，我们同胞，没有一个不受到他们的痛苦，唉！弟弟，我们完全已尝到亡国奴的滋味了！"

"不！哥哥，我们绝不做亡国奴，我们的人心还没有死！我们有的是头颅，有的是铁血，我们要生存在这世界上做一个自由的人，我们除了奋斗之外，我们没有第二条路可以走！"

仲林听伯坚颓伤地说，多少包含了一些哀痛的成分，这就坚毅地回答，表示和敌人非决斗不可。伯坚点点头，眼睛里冒着凶锐的光芒，说道：

"是的，我们只有血斗！我们只有死斗！从死路里奋斗出生路来。所以我们这一班弟兄，在这破碎的河山里，忍熬着困难和艰苦，把我们血肉去调换敌人的枪弹，再拿枪弹去杀死这一班野兽畜生！弟弟，你瞧，这些枪弹，都是流着我们众弟兄的热血，去抢夺过来的呀！"

伯坚一面说，一面指了指屋角旁安放着的枪械箱子。仲林听了这些话，心头真有无限的感喟，一时叹了一口气，说道：

"东北义勇军，铁血换生存，这句话是不虚的了。大哥，我想不到五年不见的你，竟有这么的进步，弟弟太敬佩你了！"

"我想弟弟在这五年中的日子一定也不会虚度着过去吧！"

"大哥，我真觉得惭愧，故乡遭到了这样惨变，我竟不能回家来瞧望爸爸，可怜爸爸惨死在鬼子手里，我做儿子的实在太惭愧了。"

仲林满面通红和痛恨，他眼泪忍不住像雨点儿一般地滚落下来。伯坚摇头，却用了温情的语气，说道：

"不！这是怨不了你的，惨变发生，爸爸也不希望你回家来，因为重入虎口，也无非徒做无谓的牺牲，所以爸爸当初给你的信中，就嘱咐你不用回家，只管安心求学才是。"

"就是为了不敢有违爸爸的训谕，所以我才没有回家。后来九一八炮火爆发，我心头的焦急和痛苦，几乎心碎肠断。虽然信件像雪片似的寄来，但却杳无音讯。"

"这是因为混乱时期，交通断绝，邮政停止的缘故。但不久之后，家里就惨遭鬼子的屠杀，因为这个鬼子也被我们杀死了，为了灭迹起见，所以我就一把火索性把这个家烧了。从此以后，我就招了许多弟兄，出没在长白山中，与鬼子拼个他死我活了。"

"哦！这样说来，无怪我在军校之时，屡寄信札回家，你自然也收不到了。"

仲林这才恍然有悟地回答，伯坚却很奇怪的样子，忙问他如何又会在军校里呢？仲林遂把这五年中的经过情形，也向伯坚告诉了一遍。伯坚听了这话，眉飞色舞，不禁大喜，伸手猛可紧握住了他，说道：

"弟弟，你果然有着不平凡的成就啊！好极了，从今以后，我们不是多一支杀敌的军队了吗？哈哈！哈哈！我们兄弟今日才是吐气的日子到了。"

"大哥，但是，我很不应该，我……我……在北平竟自作主意地结了婚，这是我对不起爸爸的地方。"

"这算不得什么，男大当婚，只要是正当的结合，我认为是应该的事情。并不是哥哥跟你说句笑话，杀敌固然要紧，生产小国民也是不容忽略的事情。弟弟，我倒希望弟媳妇早养几个侄子。"

伯坚起初一本正经地回答，但说到后面却微微地一笑，表示很喜悦的样子。仲林红了两颊，微摇了一下头，却默不作答。伯坚忽然又想到了自己的儿子，他忍不住也长叹了一声。兄弟俩沉默了一会儿，伯坚望了他一眼，方又问道：

"弟弟，那么你们军队驻扎在哪里呀？"

"在凤凰山下的藤丝堡，我因为打听到长白山上有支义勇军很为厉害，所以特地单身前来联络，可是我再也想不到这里的义勇军竟就是我的大哥。"

"可不是？刚才我还在记念着兄弟不知何日再相逢？谁料到相逢就在眼前哩！弟弟，那么你那位谢小姐她是留在北平吗？"

伯坚说到后面，又向他低低地问。仲林点头说是的，他皱了眉尖，却没有多说什么话。过了一会儿，伯坚又沉吟地说道：

"弟弟，那么你们这支军队不知一共有多少人数？"

"我们这一旅共有三千多个弟兄。"

"凤凰山靠西常有敌人的足迹，他们运往城里去的军火，也都在这儿经过，所以你们军队切勿集中一处，以布置散兵阵线最为相宜。假使有机会，还可以截夺敌人的军火。军火在我们心中，完全视作第二生命一样的重要呢！"

"承蒙大哥相嘱，小弟心里自有戒备。但不知大哥手下共有多少义勇军？"

"我们弟兄，随时随地会增加，只要受过鬼子欺侮的同胞们，马上就会来加入我们的军队，跟鬼子拼命的。这五年来，我们死在敌人炮火之下的固然也不少，但我们现在仍还有两千多名弟兄。可怜他们都是没有受过训练的老百姓，完全是凭了一股子热血，在跟敌人硬拼呢！"

"大哥，我希望彼此能够多多联络和互助才好。"

"那是当然的事情，我们的公敌还不是一个对象吗？弟弟，我们这支军队，只能说是乌合之众，因为富有军事学识的人才实在太少。不瞒你说，有几个新加入的老百姓，连枪都不会放。虽然他们有股子血气，不怕死，不怕枪炮，但徒然的牺牲，实是太以可惜。所以今天弟弟到来，我想有个要求，就是请你训练我们的大批新兵，使他们个个人都有杀敌的能力，这不是可以给敌人加重了打击吗？"

仲林听哥哥这样说，一时觉得在这义勇军的里面，确实是很需要有个军事学识丰富的人才来训练他们，否则，终难免要被敌人消灭的，这就点头说道：

"好！就是我自己抽不开身，我一定派几个弟兄来做你们的教练官。"

"弟弟，今天我想请你检阅我们的军队，同时请你训话。我的意思，这儿请你来担任总指挥之职，因为你哥哥的力量究竟太薄弱了。"

"不！大哥，你不用客气，虽然你并没有受过训练，但凭你五年来杀敌的经验来讲，临阵冲锋，弟弟恐怕还及不来你哩！况且我那边三千多弟兄也是少不了我，而这里大哥又向来熟悉，那当然还得让大哥继续来血斗才好！"

"那么请弟弟在这儿挂一个名义上的头衔好不好？表示我们两支军队完全是生死相关的。"

"好！我就答应大哥吧！"

"说起我们的组织，那是自说自话的，他们尊我为总指挥，其余分作大队长、中队长、小队长及队员四种等级。不过我们根本不穿什么军服，所以总指挥和队员都是一样，并不能分辨出一个是五星上将，一个是勤务兵的记号来。你瞧我做总指挥的，也不是仍旧和老百姓一样装束吗？弟弟，我现在请你在这儿名义上负担一个副指挥之职，你说怎么样？"

"好！随便什么都行，反正我们的目的，就是杀敌。"

伯坚听了，大笑了一阵，连说对对，于是站起身子，匆匆出外而去。不多一会儿，又走进室内，请仲林到外面训话，仲林遂跟了伯坚走到后山一块平原上来。这块平原的面积很大，足足可以容纳数千个人。仲林抬头望去，见纷纷的狂雪飘飞之中，已黑魆魆地站满了他们众弟兄。虽然是冰天雪地，朔风凛冽，但他们挺起了胸部站立着，显出精神抖擞的样子。前面一排站着的就是那几个大队长、中队长，伯坚和仲林在他们正中站住，说道：

"诸位弟兄！这位孔仲林就是我的弟弟，他是黄埔军官学校毕业生，现在带领了三千弟兄，驻扎在凤凰山的藤丝堡。他的军事学识当然十分丰富，所以我已要求他在我们这儿担任副指挥，做我们众弟兄的导师。现在请副指挥训话……"

伯坚说完了这几句话，众弟兄早已欢声如雷，大呼副指挥万岁！仲林满面含笑地走上两步，把手连连地摇摆，表示请大家静一静的意思。等四周空气仍归之于沉寂，他方才声若洪钟地说道：

"诸位亲爱的青年弟兄们！我们在这破碎的故乡，整整地已度过了五年的非人生活，在敌人的铁蹄之下，我们已受尽了痛苦和侮辱。敌人打了你，再叫你装笑脸，你不得不笑。敌人骂了你，侮辱了你，他还要叫你们说他是好的。总而言之，他们要你长，你不敢短。可怜我们东北同胞的命运，简直比鸡犬都不如。我相信这里数千个弟兄们，在五年以前，一定和我一样，在我们这可爱的故乡，青的山，绿的水，美丽的家园，爸爸妈妈、弟弟妹妹、哥哥姊姊，骨肉团聚，安居乐业，可说从来是不晓得什么叫作忧愁的。但自从九一八惨变发生，我们的家属都被敌人杀了，我们的家园都被敌人毁了。我可以相信你们的遭遇一定是和我一样的，所以就造成你们今天孤零零一个人的命运。假使你们再不团结起来，跟敌人奋斗拼命！我觉得你们一个一个的还是逃不了敌人的杀害。所以你们加入义勇军，参加群众的力量，和敌人作战，这办法是对的！大家应该知道，这次发生九一八事变绝不是关系着地方局部问题，完全是整个的中国已到了最危险的时候，所以大家非拿出新的精神来不可。我们一切都可以改变，但尽忠报国的传统精神是绝不能改变的。天下的事情，只有靠自己的力量，才能生活。假使要依赖人家，想来恢复我们原有的自由和平等，这是梦想，这是永远再不会有出头的日子！那么我们应该怎样呢？当然，我们应该联合起来，把我们的血，来洗雪这国家的耻辱！把我们的头颅，来和敌人换取光荣！我们要救自己，要救国家，我们要把枪尖儿染上敌人的臭血！虽然我这口头上的话，并不是一件容易的事情。但我们只要记住三句话，就是，苦干！硬干！实干！我们只要抱定了这三干主义的决心，我相信无论什么困难就都可以迎刃而解了！最后，我希望你们大家都有这样的存心，我们的身体是属于国家的！"

仲林一口气地说完了这一大篇的话，他的神情是多么愤怒，他的语气是多么激昂。虽然雪花像发狂似的扑打，西北风像尖刀似的吹刮，但他并没有一些畏寒怕冷的样子，越说越响亮，越说越有精神。众弟兄们听了他的话，大家心中也都想到了家破人亡的悲痛，眼眶子里都贮满了晶莹莹的热泪，咬牙切齿，摩拳擦掌，最后，都感动地齐声狂喊起来。

伯坚见士气盛旺，心中大为欢喜，遂向众人又勉励了一番，方才请了仲林又到屋子里来休息。伯坚的意思，要仲林在山上住两天，兄弟俩叙叙阔别之情。但仲林记挂凤凰山的弟兄们，所以没有答应，说道：

"大哥，我们都还年轻，只要有一天光复河山，扬眉吐气，共叙的机会正多。如今恕小弟不能久留，恐怕弟兄们等着我焦急，所以我马上就要告别回去了。"

"那你也何必这样急匆匆呢？此刻外面正冷，我与你取些热酒来喝好吗？且喝两杯暖暖身子，再走也不迟。"

伯坚见仲林站起身子，遂向他低低地劝留。在这两年军校的日子中，仲林亦已学会了喝酒，因为一个人闷烦的时候，往往痛饮一醉，以释愁怀，此刻一听有酒可喝，便仍坐了下来，笑嘻嘻地望了伯坚一眼，说道：

"大哥，你这儿也藏着酒吗？"

"哈哈！都是鬼子孝敬我们喝的，你要如爱喝啤酒的话，这儿也有。"

仲林听他笑了一阵，这样回答，一时非常的惊异，皱了眉毛，急急问道：

"大哥，这是怎么的一回事？请你快些告诉我一个明白。"

"有一次我们探子来报告，说鬼子兵两百名，押了几卡车的枪弹运送进城，将在狮子岭山脚下经过。我得知了这个消息，当下便带了三百个弟兄，急急包抄后路，向他们袭击，出其不意，把这些鬼子杀了一个都不留，于是我们把几辆军用卡车开回长白山。满以为车内的箱子里都是枪弹，哪晓得打开箱盖一看，嘿，竟全是啤酒和军粮哩！你想有趣不有趣？"

"军粮你们也是很需要的，那也不错啊！大哥，你就拿几瓶啤酒来喝吧！"

仲林听了他的告诉，方才明白了详细，遂含了笑容，很欢喜地回答。伯坚于是走到外面，不多一会儿，他约了几个大、中队长一同进来，手里各拿几瓶啤酒，伯坚笑道：

"喝酒要有对手，那才感到兴趣。这位白队长，这位陈队长，这位金队长，这位李队长，他们都是善饮者，我邀他们来助助你的兴趣。"

"好极，好极了，我们喝酒的时候喝酒，杀敌的时候杀敌，我们要抱着喝酒不嫌多，杀敌觉太少的决心，那么这就是鬼子的末日了。"

仲林这几句话，听到众队长的耳朵里，大家由不得拍了一阵子手，表示非常的兴奋和赞成。伯坚笑嘻嘻地请大家坐下，一面取出海碗，各人把啤酒瓶开了，倒了几个满杯。伯坚举了海碗，连说两声"请请，咱们干一杯"，于是仲林等各端海碗，仰了脖子，便一饮而干。大家且喝且谈，仲林喝完了三碗之后，便停杯不饮。伯坚笑道：

"弟弟，怎么不喝了？啤酒可还留着不少呢！"

"差不多了，我该回去了。"

"你忘了喝酒不嫌多的话吗？"

"但是话又得说回来，除了杀敌不嫌多之外，无论什么事情应该适可而止，尤其是酒能误事，所以我不但是奉劝大哥一个人，就是这里几位弟兄们也得记在心里，喝酒只能至半量，切不可尽量而醉，否则就生祸患。"

伯坚等听仲林这样说，大家敬服，遂都停杯不饮。仲林站起身子，把手一拱，表示告别的意思。伯坚跟着站起身来，问道：

"二弟，那么你几时派同志前来教练我们的弟兄呢？"

"三天之内，我就派人过来就是。"

"我瞧还是此刻我跟你一块儿去一次，回头你派几个同志，跟我一同回来，岂不省却许多的麻烦吗？"

"这样也好，那么我们就一同走吧！"

仲林点头答应，伯坚遂向众队长吩咐了几句，兄弟两人遂走出山洞，一路向凤凰山而来。这时狂风更猛，雪花更密，没头没脑地扑打在两人的身上，头上的帽子，身上的衣服，也几乎被雪花沾成银白的了。但酒后的他们，却并没有觉得什么寒冷，只不过地上积雪很厚，一脚踏下去，雪花已没到胫边，所以走路倒颇觉有些吃力。由长白山到凤凰山必须经过狮子岭，岭脚旁有一条公路，可通汽车。春夏的季节，公路两旁都是苍翠的大树，枝叶茂盛，远远望去，这条公路两旁好像建筑着天然的绿叶围墙，倒也蔚为奇观。但此刻的树枝，都已骨瘦如柴，且满沾着厚厚的白雪，远望景色，真所谓是冰天雪地，白漫漫的一片。仲林觉得冬天的雪景，也会令人感到一种清趣的地方，正在边走边想之时，忽然一阵轧轧的声响，触入耳鼓。仲林、伯坚急忙用目四望，见前面公路上发现了几个黑点，在雪白的雪地上，那自然格外清楚。伯坚似乎经验多一些，遂把仲林拉住了，止步说道：

"二弟，且慢向前，这是敌人的坦克车部队来了，不知他们作何打算？"

仲林听了这话，很机警地把身子跳到公路旁的斜坡上去，伯坚也跟着跳下。因为斜坡下的积雪比公路上还厚一倍，所以两人的肩胛也几乎被雪掩没了。仲林抬头细瞧公路上敌人的坦克车部队，越来越近，大概有十数辆之多。一时暗想：我们弟兄两人，身边只带一支手枪，若向他们开枪，那未免是打草惊蛇，众寡悬殊，恐怕不是他们的对手。但眼瞧着他们耀武扬威地过去，实在瞧了惹气。这时伯坚悄悄地又道：

"他们莫非是向我们去进攻的吗？若果然如此，那可怎么办？"

"大哥，我的意思，你且不必跟我回去，我马上赶回凤凰山，带领众弟兄前来接应，你瞧好吗?"

"好的，二弟，那么你快快赶回去吧!"

伯坚点头回答，赞成他的意思。仲林遂由斜坡下蛇行似的爬了过去，等敌人坦克车部队陆续地驶过去了，仲林才由斜坡跳上公路，急急地赶回凤凰山去了。这里伯坚悄悄地跟随在坦克车部队后面，果然行驶到长白山脚下的时候，便停了下来。伯坚瞧到这里，心头倒是跳了两跳，暗暗想道：奇怪了，鬼子怎么如此熟门熟路呢? 看来一定有奸细通风报信把我们出卖了。伯坚想到这里，恨得咬牙切齿。他眼瞧着数百个敌人由坦克车上跳下来，然后以坦克车作为掩护，直向长白山上继续开驶上去。伯坚恐怕山上弟兄们没有知道，来不及防备，万一混乱起来，这就都要遭到鬼子兵的毒手了。所以他情急智生地拔出手枪来，朝天砰砰地开了数枪，这是他关照山上弟兄们有所准备的意思。不料鬼子兵一听放枪的声音，还以为是山上的义勇军已经发觉了他们，所以立刻大举进攻。一时之间，机关枪、迫击炮，噼噼啪啪，轰的声音，在这寂静的空气中顿时猛响起来。

伯坚躲在山坡下面，见鬼子兵这样猛烈地向山上进攻，但山上的弟兄们，却是鸦雀无声，并没有一些开枪还击。他心里暗暗欢喜，知道山上一定已经有了防备。诸位瞧到这里，一定要不明白了，山上既没有开枪抵拒，如何还说他们已有准备呢? 原来伯坚平日训练弟兄们，第一就是节省子弹，不能没有目标地乱放，因为枪弹在他们可说是最为宝贵之物。果然等鬼子兵冲到半山之间，突然见山坳之中像雨点儿一般地滚下大石块来，把正在向上驶行的坦克车部队，立刻受到乱石猛击，反而向山下像翻跟斗一般地倒滚下去。敌人本来以坦克车部队作为掩护的，但万万也料不到坦克车会向后跌下来，因此许多敌人被坦克车压滚到山涧里去的，真是不知其数。伯坚看到了这个情形，心头真有说不出的痛快，他兴奋得几乎喊出声音来了。

鬼子兵遭到这样打击之后，他们原本都是十分怕死的，所以便消失了向上进攻的勇气，前队作后队，后队作前队，立刻掉转头来，纷纷向山下溃退。就在这时，后山里拥出百余名义勇军，机关枪嗒嗒地仿佛是雨点儿一般地射击。鬼子兵哪里还有开枪的余地？有的心慌意乱，有的弃枪奔逃，有的中了枪弹，连人带枪一同向山下直滚。等鬼子兵逃到山下，死伤已经过半。正在这时，那边仲林会同有义带领数百名弟兄浩浩荡荡而来。鬼子兵以为司令部有军队前来接应，所以预备第二次再行进攻。伯坚是看得明白，立刻由山坡下爬起，直奔到仲林、有义的跟前，说道：

"二弟，鬼子兵已由山上狼狈败退下来，乘其混乱之间，快些杀奔过去，可以把他们全数消灭！"

"不错，弟兄们，你们今天报国的机会到了，冲啊！杀啊！"

仲林一听这话，热血在全身沸滚起来。把指挥刀一扬，大声地喊着冲啊杀啊！随了仲林的喊声，众弟兄也一阵子狂喊：杀！杀！好像数百只出洞猛虎，立刻像潮水一般地冲杀过去。这时鬼子兵还有些糊里糊涂的，只道是自己人奔杀过来，所以并没有开枪，还表示欢迎的意思。直等鬼子兵有几个中弹倒地之后，方知来的军队并不是自己人，待欲把坦克车冲杀过去，但已经来不及，因为仲林、有义、伯坚率领众弟兄用大量的手榴弹抛掷过去，坦克车的机器中弹损坏，早已熊熊地燃烧起来。

这时山上的义勇军，早有探子上去报告，所以白大队长、金大队长等率领数百义勇军立刻杀奔下来。鬼子兵前后受敌，完全被包围在核心，因此都纷纷弃枪投降。弟兄们方才停止开枪，把他们统统俘虏上山。其中一部分弟兄们把鬼子的军械都收拾起来，也送到山上，尚有十数辆坦克车，由仲林、有义几个会驾驶的弟兄们开驶上山，藏在山洞里面。这时雪已稍停，伯坚把这些俘虏一点人数，尚有一百二十名，在个别的审问姓名之下，万不料其中有个日兵却带有些中国口音，仲林奇怪，遂把他拉了出来，细细问道：

"你不像日本人，莫非是朝鲜人？被他们强迫来打仗的吗？"

"不！不！我实实在在还是中国人，因为我被他们抓住了，逼我也当兵的，我自己实在不情愿，现在我愿意加入你们义勇军，请你们救我一条性命吧！"

"弟弟，让我仔细认一认，他妈的！你……不是我们村中的王博旦吗？这小子平日不务正业，如今越发丧失心肝，竟出卖祖国加入了日本军队吗？好呀！你这该死的奴才！今天非叫你脑袋搬场了不可！"

伯坚听他说话声音，甚为耳熟，遂走上去脱了他军帽仔细一认，这就愤怒起来，伸手啪啪地在他左右面颊上扇了四五记耳光，打得这个王八蛋满口里流出牙齿血来。但伯坚恨到极点，犹向他兜胸一拳，把他打倒在地，他竟是爬不起身子来。仲林忙向伯坚问道：

"大哥，你认识他吗？"

"他就是王阿二的儿子，说起王阿二，你恐怕也想起这个奴才来了。"

"哦！原来就是这个无赖吗？真是可杀之至！我想鬼子兵进攻到这儿来，一定也是他通风报信的了。想不到他卖国求荣，竟会干出这样没有心肝的事情，这种冷血的畜生！诸位弟兄们，我们应该用怎么的刑具来处死他才好啊？"

仲林对于村中从前有个王阿二的儿子是个无赖的事情，他脑海里似乎还有一些印象，当下也痛愤万分的神情，向众弟兄们问出了这几句话。众弟兄别的话也说不出来，因为性急的缘故，所以齐口同声地连喊：杀！杀！有义也气呼呼地说道：

"若把他一刀杀死，那未免太以便宜了他。照这种忘了祖国出卖灵魂的人罪名判决，应该把他人用白布紧紧捆成像一支蜡烛一样，然后浸在油缸里，使他浑身都沾湿了油后，取出来把他两脚朝天，倒悬在枯树上面。用火燃着了他的两脚，把他当作一支蜡烛般地燃烧起来。让他慢慢地痛死，也可以叫他忏悔忏悔出卖祖国的罪恶！"

"好极了！好极了！这个办法，我们赞成。"

"我们马上把他实行起来！"

随了有义这几句话，众弟兄欢声雷鸣，高呼赞成。伯坚、仲林等也觉得非这样地惩罚他是不足以大快人心，遂吩咐几个弟兄把王博旦照有义的办法用白布捆绑起来，然后用豆油浸湿了他身子，倒挂在枯树枝上，把他先在两脚上燃烧起来。王博旦起初还大声呼痛喊救，但没上三分钟后，他早已痛得昏厥过去。有义忙又说道：

"等他两脚烧完了之后，我们把火熄灭，让他醒回来尝尝痛苦的滋味。"

伯坚、仲林等听了，都点头称是。因为把他单是用火烧死，他既已失却知觉，那么也算不得什么痛苦了，于是又吩咐几个弟兄，如有义所说的照办。这时伯坚、仲林又商量把这些俘虏如何地安摆。照仲林的意思，认为东北数百万生灵涂炭，遭到鬼子残杀的真不可胜计，我们事到今日，根本顾不到人道两字，还是将他们排齐队伍，用他们对付我们老百姓一样残酷的手段，把机关枪一扫而光，岂非干净痛快，也可算是报了我们父亲、嫂子的大仇。伯坚然其言，正欲吩咐弟兄们把这些鬼子实行枪决的时候，有义却走上来连连摇头，说道：

"这办法不大好，因为我们的枪弹是很宝贵的，假使用我们自己的枪弹去送他们归西，损失未免太大。"

"那么照你的意思怎么办呢？大哥，我还没有给你们介绍，这位张有义先生，足智多谋，是我的参谋长。有义，这就是我的大哥。"

仲林听有义这样说，知道他一定另有高见，遂一面向他问，一面又给他们介绍了一番。伯坚、有义很亲热地握了一阵手，彼此招呼了，有义接着正色地说道：

"照我的意思，两小时之后，这里将遭到一片焦土的危险，所以我希望大哥把所有军队都调遣到别的地方去暂时躲避，最要紧的是把重要的军械枪弹也搬运到别地方去藏起来。"

"什么？你……这话是根据哪一点而说的呀？"

伯坚听他说出这样惊人的话来，一时脸也不由变了颜色，遂慌慌张张的表情，向他急急地追问。有义认真地说道：

"这次日军的坦克车部队竟被我们全部歼灭，倘日本司令部得此消息，岂肯罢休？必定大派重兵前来攻击，恐怕还用飞机前来轰炸，所以那时候我们若以实力相拒，绝不是他们的对手。为了避免无谓的牺牲起见，我们应该以躲避为宗旨。"

"大哥，我们张参谋长的猜测相当有理，你还是听从他的话吧！不过参谋长，照你意思，把这些鬼子该如何地处死？"

"我想将他们一个一个地绑在枯树上面，等鬼子用大队飞机前来轰炸的时候，就让他们自相残杀吧！"

仲林听了，点头连声称妙。当下与伯坚共发命令，将一百二十个鬼子都在枯树上紧紧地捆绑起来，然后由另一批弟兄们把山洞内军械枪弹粮食等重要之物都搬迁他处。好在弟兄们人多，不上半个钟点，早已把山洞内东西搬了一空。由各大、中、小队长给他们排齐队伍，悄然地离开山顶。仲林、有义、伯坚三个人最后离开。在离开山顶之前，有义忽又心生一计，把那满山的枯树先燃烧起来。不上两个小时之后，敌人的大批飞机果然轧轧而来，他们以为山顶上冒出火光，定是他们的军队尚在和义勇军厮杀，所以当下数十架飞机上的炸弹像雨点儿一般地落下来。他们的存心，也预备把义勇军完全地歼灭。但鬼子哪儿想得到这一支义勇军，已在很安全的新根据地上开着欢乐的庆祝胜利大会哩！

当夜伯坚在长白山另一条支脉的山顶上吩咐众弟兄连夜地赶筑完成新的防御工事，仲林、有义只留几个连长在义勇军那儿作为教练官，他们带领众弟兄也就悄然地回到了凤凰山。次日早晨，密探前来报告，说长白山义勇军旧时的根据地被日军用大批飞机轰炸历三小时之久，山顶上一切已化为焦土了。仲林听了这

119

个报告，把有义手紧紧地摇撼了一阵，敬佩万分地说道：

"将军料事如神，我们第一次出兵，能大获全胜，皆将军之功也。"

"哈哈！好说，好说，这是我偶然猜中而已，哪里配得上料事如神四个字？"

有义自然也十二分的得意，忍不住大笑了一阵，谦虚地回答。正在这时，外报义勇军中有人到来求见旅长。仲林忙命请入，不多一会儿，只见进来的不是别人，却是大哥伯坚。他一入营帐，便向有义立正致敬，说道：

"兄弟今日特地代表三千义勇军前来向张参谋长谢恩，若不是张兄料事如神，则我弟兄们将全数被日军所毒害矣！"

"大哥不要客气，这次我们弟兄能够幸免敌机轰炸，可见中华民族将来尚有光明的希望，我相信我们只要一口气不断，三岛倭奴，必有沦亡的一天。"

有义一面还礼不迭，一面微笑着回答。仲林于是请伯坚坐下烤火，倒上了热茶，大家谈了一会儿军事。伯坚叹了一口气，说道：

"日军每次以重兵进攻，我们总不敢向他们做孤注一掷的决斗，因为我们固然有流不完的热血，但手里却是只留有限的军械，他们可以不惜动用大批飞机大炮来向我们轰击，但我们把枪弹是视为第二生命一样，岂肯一无目标地乱放呢？所以日兵占优点的就在这儿，我们吃亏的，也就在这儿。假使我们也有大炮飞机可以与他们抵抗的话，我相信鬼子兵早已给我们赶出东北了！"

"我听了大哥的话，我真表示非常的心痛。东北的义勇军，在这样艰难困苦中流血拼命，真是太可怜一些了。"

仲林无限感喟，他也连声叹息地回答。有义沉吟了一会儿，忽然以手拍额，向仲林说道：

"我想你可以回北平去一次，请安琪设法在北平募捐，她爸爸是财政厅长，所结交的朋友，当然都是一班豪富，在他们不过是拔一根汗毛而已，我们就可以多杀一个敌人了！你说这个办法如何？"

"参谋长的高见甚是，二弟不妨回平一走。"

"我才回故乡还只杀过一次敌人哩！如何就叫我回平去捐款呢？我想给我多杀几个敌人，等子弹真正缺乏之时，再去设法也不迟！"

仲林听大哥也这样怂恿自己，但他却连连摇头，表示不愿离开东北。伯坚、有义没有办法，也只得罢了。从此以后，日兵屡次遭到仲林军队的袭击，十分不安。光阴匆匆，不知不觉地过了半年。仲林这一旅军队，已经死亡过半，残缺不齐，抬头呆等接济，却是失望得很。仲林在这个时候，他不得不别了有义，预备回北平一走了。当时他把军中一切之事，交付有义代理，他便单身来到沈阳城。整整有五年不见的沈阳城，满目颓垣残壁，真是十分凄凉。仲林正预备坐车赶到火车站去，忽然那边一个医院门口走出一个朴素的女子来。两人见面，都呆呆地怔了一怔。仲林因为有正经事在心里，所以他回身又走。不料那女子追上来，拉住仲林身子，眼泪汪汪地叫了一声仲林，说你把苦命的曾静竟压根儿地忘怀了吗？

121

第六回

　　这个女子是什么人呢？原来就是仲林在沈阳中学里的同学曾静姑娘。在五年之前，仲林和曾静可说是唯一的知己知彼，因为他们从小在一块儿读书，青梅竹马，心心相印。虽然那时年龄尚轻，但他们的心眼儿上也早已滋长了情苗爱叶了。中学毕业之后，仲林因家道贫寒，无意再求深造，预备辍学就商。但曾静因为仲林是个好人才，觉中途辍学，殊为可惜。所以竭力资助其继续求学，仲林方才能和有义一同考入清华大学。不料时隔半月，九一八战事爆发，曾静的爸爸曾国雄，忠诚保卫国土，因而殉难。她的母亲，尚病在床上，闻域破夫亡，遂也自尽殉夫，盖不愿受辱于敌寇之手也。其时曾静尚出外觅医，欲救治满身重伤的父亲。但敌寇炮弹像雨点儿般地集中在沈阳城，满城仿佛布成了火网，曾国雄的公馆亦中弹化为灰尘。这消息透露到各省各地，因此在北平求学的仲林，也只道曾静亦已葬身火窟，为国殉难了。可是曾静这姑娘命不该绝，她在九死一生之中竟得了救。这在看过《血》说部的读者们，当然是很明白的，她这几年来就一直在徐克俭的家里。

　　曾静对于克俭本无什么好感，况且克俭的爸爸徐震环又是一个伪组织里的人物，所以她的心中预备到北平来找仲林，大家为国干些有意义的工作。但是她几次三番地写信给仲林，却杳无音讯，仿佛石沉大海。所以曾静心中又误会仲林寡情薄义，猜想他在外面一定另有新爱，因此把她这个家破人亡的旧侣就抛置于脑后了。曾静既然这样的猜疑，可怜她的芳心自然十分悲痛，要想到北平去找寻仲林的勇气也就消失了。

　　岁月悠悠地过去，曾静在克俭家里已住了快近两个年头了。在这两年的日子里，克俭对待她的一举一动，当然是柔情蜜意，嘘寒问暖，可说是体贴入微。曾静不是一个呆笨的女子，她对于克俭的殷勤款待，岂有不明白的道理？况且在过去克俭原也向自己追求过，那么照此下去，自己就难免要做汉奸的媳妇了。一时想到为国流血的爸爸，她当然觉得无限的惭愧，良心上立刻会感到极度不安，于是她下了一个决心，这天对克俭说道：

　　"克俭哥，我在你府上一住竟有两年多了，虽然干爹干妈把我当作亲生女儿一般地疼爱，就是你也把我当作亲妹子一样地照顾，但我自己心里终觉得十分的不好意思。所以我明天预备离开这里，到外面去找些事情做。"

　　"静妹，你……你……怎么忽然想出这个主意来了？你住在我们家里，谁也没有讨厌过你呀！你干吗要到外面去流浪呢？难道说是我爸妈有什么地方得罪了你吗？"

　　克俭不等曾静说完，就显出惊慌的神情，皱了眉尖，急急地追问。曾静摇摇头，微微地一笑，说道：

"不！干爹干妈是待我再好也没有了。"

"那么是我得罪了你吗？"

"你也待我很好，我心里很感激你。"

"我想一定是什么下人们有言语冒犯了你，静妹所以生气了。你快告诉我，哪一个仆人得罪了你？我马上就叫他们滚蛋！"

"你不要胡猜吧！即使仆妇们有什么不是之处，我也绝不计较，何况他们对我都非常的奉承呢！所以你猜想的都不对的。"

曾静这样回答，一时把克俭倒怔怔地愕住了，望着院子外阴沉沉的秋云，自不免连连地搓了一会儿手，低低地说道：

"这也不是，那也不是，你到底为了什么缘故呢？"

"我想这又不是难民收容所，我终不能厚了面皮在这儿住上一辈子的。到如今已经快两年了，我若再住下去，我自己良心上也有些说不过去呢！"

"静妹，你这话说错了，你不是已认我父母做干爹干妈了吗？那么你也可以说是我们家庭的一员了。即使住上了一辈子，那也算不得什么呀？况且我……对你……"

克俭说到这里，两颊微微地一红，支支吾吾地却有些说不下去的样子。曾静似乎已明白他心中所要说的话，但却不让他说出来，就接着先说道：

"你的话虽然不错，但我很想到外面去透透空气，因为这儿满目所接触的禽兽，实在太使人看不入眼了。"

"好吧！我想跟你一同流浪到外面去，因为我也不愿意在这种闷人的地方再生活下去！我们应该到自由的大地上去工作，去生存，这样才对得住良心和国家。"

克俭表示十二分同情的意思，坚毅地回答，他完全是为了舍不得和曾静分离的缘故。曾静微微地一笑，秋波神秘地瞟了他一眼，俏皮地说道：

"我说你犯不着跟我一同去过流浪的生活，因为你不是还有一个好好的家庭吗？"

"哼！好好的家庭？静妹，请你不要讽刺我吧！我在这个环境之下，实在也是没有办法的呀！"

克俭脸上有些热辣辣的感觉，他怨恨地说到后面，眼泪忍不住滚了下来。曾静在这两年的日子中，和克俭早晚相聚，多少终也有些感情作用。因为克俭为人，虽不是一个抱负伟大思想卓绝的青年，却也不是一个仗势欺人作威作福的青年，他对于爸爸的出任伪组织的官职，他并不赞成，可是也不敢竭力反对。总而言之，他是一个很平常的青年。曾静因为他曾经救过仲林的哥哥伯坚，所以觉得克俭还算有一点儿爱国的思想，因此对他也并没有过分的恶感。此刻见他流下泪来，心里也很难过，遂低低地说道：

"我知道你没有办法，所以我是同情你的苦衷。"

"假使你真的同情我的苦衷，那你就不要离开我。倘然你是为了讨厌我这个家，那么我可以跟你一同到外面去生活。静妹，你能可怜我这一片痴心吗？"

曾静听他颤抖着声音，向自己苦苦地央求，一时觉得他分明对自己有求爱的成分，这叫自己怎么回答才好？这就绯红了粉脸，呆呆地默不作答。克俭又凄凉地说道：

"我也明白你的心中，当然你是忘不了仲林的缘故，所以你

125

大概一定要到北平去找他……"

曾静想不到被他竟说到心眼儿里去，一时芳心便像小鹿般地乱撞，两颊更加像玫瑰花朵儿似的娇艳起来了。克俭见她仍旧默不作声，遂继续地说道：

"静妹，你是不是预备找仲林去呢？你回答我呀！"

"……"

曾静低了头，依然没有回答。

"我知道你心中爱的是仲林，那也没有关系，因为爱完全是自由的，并不勉强的。不过，我有些奇怪，你写了这许多封信给仲林，他为什么一封回信也不给你呢。并不是我在背后说朋友的坏话，对于这一点，我认为他是太没有情义了。"

克俭这两句话，听到曾静耳朵里，她觉得有些刺心的疼痛，一时眼泪也大颗地落湿了衣襟。克俭接下去又说道：

"静妹，你也不用伤心，我想仲林也许不会忘记你，所以你若一定要到北平去找他，我可以陪伴你一同去的。假使他在北平有了新爱，而不认你了，那么我仍旧陪你回来。假使他没有忘记你，我便一个人回来。因为我不放心你一个年轻的姑娘在外奔波，万一遇了歹徒，那时候你叫爹不应呼娘不理，这便如何是好呢？静妹，我这一点儿的要求，你终可以答应我吧！"

曾静听他这样说，觉得他的痴心，实不下于我之对仲林一样。因为心头过分地感动，她的泪水益发似泉水般地涌上来。克俭也伤心落泪，低低地说道：

"我知道你身虽在我的家里，但你的心却是在仲林的身上，我很敬佩你的多情，因为你的爱是多么专一呢！只恨我没有福气，我不能和你永远地厮守一辈子。不过这两年来，我们能够早晚相聚一起，说来我还算是幸福的呢！静妹，你预备哪一天动身上北平？你决定一下子，我准定陪你去一次吧！"

克俭说完了这几句话，他站起身子，向曾静告别，便回到自己的卧房去了。曾静等他走后，她歪在床上，伏在枕旁忍不住呜呜咽咽地哭泣起来。曾静的哭是为了左右两难，自己实在不知怎么地委决才好，所以她非常的伤心。因为仲林这两年来，消息沉沉，究竟是不是还爱着我这个姑娘，确实还是一个问题。万一到了北平之后，仲林真的变心不认我了，倒叫我如何做人呢？难道真的再跟了克俭回家来吗？这……这……当然说不出口。即使克俭仍旧爱我，那我也不好意思再接受他呀！曾静这样想着，所以这晚她是整整地伤心了一夜。

谁知到了第二天早晨，曾静忽然听到仆妇王妈告诉，说少爷全身发热地病起来了。曾静自然吃了一惊，颦锁翠眉，由不得暗暗地想道：奇怪了，昨天他还好好跟我说话呢，怎么今天忽然会病起来了？那么他这个病当然是为了我要到北平去才生的了。这就可见他对自己的痴心，真也是到了一百二十分的程度。曾静这样想着，心里很是难过，于是匆匆地梳洗完毕，便走到克俭的房中来探望。这时房内徐太太已经坐在床边了，曾静叫了一声干妈，低低地问道：

"怎么？克俭哥病了吗？"

"是呀！你来摸摸他的额角，真是烫手得厉害呢！"

曾静听干妈这样说，当然不得不走近床边去，伸手在克俭额角上按了一下，觉得真的火炭一般，再瞧他脸，也红得发烧。克俭本来是闭了眼睛养神，当他发觉一只软绵绵的手放到自己额角上来的时候，遂微睁眼睛，向曾静望了一眼，还微微地一点头，表示招呼她的意思。这时徐太太站起身来，向曾静说道：

"静小姐，请你照顾他一下，我叫人请大夫去！"

曾静答应了一声我知道，她在床边也慢慢地坐了下来，微蹙了眉毛，秋波逗了他一瞥忧煎的媚眼，低低地说道：

"怎么好好的会病了？这两天已经是秋天了，你晚上一定受了寒吧！"

"不要紧，是一些感冒，睡两天就好了。"

克俭从痛苦中露出一丝笑意来，还向她低低地安慰。曾静倒了一杯热开水，亲自端到他的口边，温情地问道：

"你口渴吗？我给你喝些开水润润喉咙。"

"谢谢你，倒叫你来服侍我了。"

"别那么说吧！前儿我生病的时候，你不是也服侍过我吗？"

曾静勉强地含了笑容，低声回答。克俭于是没有再说什么，就在她手里拿着的杯子上喝了两口开水。曾静道：

"还要喝一口吗？"

克俭摇摇头，曾静遂把茶杯放在桌子上。两人相对呆望了一会儿，克俭忽然微微地叹了一口气，说道：

"静妹，想不到我忽然会病了，这真所谓天有不测风云，人有旦夕祸福，我很对不起你，你要动身到北平去只好暂时迟几天了。"

"那当然，等你病痊愈之后，我再动身到北平去也不迟。"

克俭听曾静这样说，虽然有些失望，但还觉得有些喜悦，遂望着她粉脸，痴痴地问道：

"那么我这病一天不痊愈，你就一天不动身吗？假使果然因我生病而可以阻止你到北平去的话，我倒希望这病永远地不要好起来。"

"唉！你为什么要说这些痴话呢？我希望你睡两天就能起床了。"

曾静见他竟痴得这一份样儿，一时心里终觉得非常的难过，忍不住叹了一声，轻轻地回答。正在这时，徐太太又走进房来，叫曾静先去吃早餐。等曾静在饭厅里吃毕早餐回房，见大夫已坐在房中给克俭开方子了。大夫开好药方，叫他们先撮一帖来喝，说明天最好再连看一次。徐太太当然连连答应，便送着大夫出来。床上的克俭听大夫的话，便恨恨地骂道：

"他妈的！别的话不说，倒把明天的生意经先拉牢了，这种混账大夫，他有本领能医好我的病，恐怕他还要先去投几个胎来呢！"

"克俭哥，你别那么说，大夫也是好意，多诊治一次，当然病更好得快了。"

曾静听他话中的意思，分明是说他这个病绝不是药石所能医愈他的，一时心中更加难过，她眼眶子里几乎涌上了晶莹莹的热泪来。不过她表面上还竭力镇静了态度，向他低低地安慰，一面拿了药方，一面走出房外吩咐仆妇撮药去了。

克俭的病虽然是偶染感冒所致，但他大半的原因，还是为了曾静要离开他去寻仲林的缘故。所以他生的病，实在就是心病，心病比不了普通的病症，没有心药，怎么能够痊愈起来呢？当然喝药像喝水一般，一天两天地下去，他的病不但没有减轻，反而一天一天地加重起来了。

这已经是一星期以后了，克俭睡在床上，茶饭不思，昏昏迷迷的连神志都有些不大清楚了。徐震环夫妇俩膝下只有克俭一个独养儿子，当时急得了不得，还以为他是生了邪病，遂除了请医服药之外，还到庙宇里去求神拜佛，许下了不少愿心。但又有什么用呢？克俭的病始终没有一些转机的样子。这天下午，天空中落着淅淅沥沥的秋雨，房内阴沉沉的，更显出凄凉的样子。曾静眼瞧着克俭的生命，将为她而幻灭了。她是个富于情感的姑娘，所以芳心里觉得非常悲酸和难受。因为自己当初在医院里被鬼子兵看中的时候，假使没有克俭冒认我是他的未婚妻的话，那么早就被鬼子兵侮辱了。倘若我要保全清白而不甘受辱，那么我的生命一定也死于鬼子兵的刺刀下了。照此而说，克俭实在是我救命的恩人。况且我已无家可归，孤苦伶仃的一个弱女子，若不是在他家里安居了两年，那我现在也不知流浪到什么地方去了呢。曾静想到这里，觉得自己既然受了人家的恩惠，照情理上说，也确实应该报答人家的。现在我硬着心肠走了，固然没有报答他，而且还要害了人家一条性命，那我的良心上怎么说得过去呢？虽然说我也没有害过他，但这是所谓我虽不杀伯仁，伯仁究竟为我而死呀！难道我能不负一些责任吗？曾静这样再三再四地想着，终觉得自己应该救他性命才好。她含了眼泪，又暗暗地想道：我只好负了仲林，譬如我被鬼子兵杀死了，那么仲林也不是始终得不到我做妻子吗？况且仲林毫无音讯，他是否还像过去一样的爱我，这还不能知道呢，我何必再痴痴地单恋着他？曾静到此就下了一个决心，她坐在克俭的床边，见室内此刻没有别的人，遂把克俭身子轻轻地摇撼了一阵，低声唤道：

"克俭哥，克俭哥！"

克俭被她推着叫着，遂微微地开了眼皮，向曾静淡然地逗了一瞥，呆呆地望着她，却没有说什么。曾静觉得自己应该说些什么话去安慰他才好呢？她红了脸，先搭讪地问他可要喝些开水吗？克俭摇摇头，把她手很有力地握住了，流泪说道：

"静妹，很对不起，为了我的病，又耽搁了你一星期日子。好在没有几天日子了，你就可以到北平去了。只是我再不能陪伴你一同去，我觉得这是我终身的遗恨！"

克俭这几句话分明是说他的病再不会好了，离开死就在眼前了，不过他说得很不明显而已。但曾静是个聪明的姑娘，她如何还会听不明白呢？一时悲酸到了极点，眼泪像断线珍珠似的滚落下来，抽抽噎噎地泣道：

"你快不要这样说了，只要你病好起来，我不再到北平去了。"

"你……你……不再到北平去？你……你……这话是真的吗？"

"真的，我没有骗你。"

"那么……你……不去找仲林了吗？"

"我……我……不去找他了，我……我……要永远地陪伴着你。"

曾静绯红了娇靥，眼眶子里还贮满了晶莹莹热泪，赧赧然的样子，支支吾吾地回答。克俭听了这几句话，好像是注射了一枚强心针一样，愁眉苦脸的表情立刻眉飞色舞起来，兴奋得忘记了生病，立刻气喘喘地从床上仰起身子，但到底一星期没有吃东西了，他头晕眼花地立刻又倒了下去。曾静瞧着不忍，慌忙把他抱住在怀里，低低地说道：

"你……好好地休养要紧，我……的身子，以后就属于你所有的了。"

"啊！天哪！我……做梦吗？"

"不是做梦，我……真的愿意嫁给你了。"

"静妹，你……救了我的性命，我……我……这一生就永远忘不了你的大恩！"

克俭见她羞答答地说，神情真是妩媚到了极点，一时喜欢过了度，他偎在曾静的怀里，反而呜呜咽咽地哭泣起来了。曾静被他引逗得泪下如雨地说道：

"克俭哥，你……为什么还要伤心呢？"

"不！不！我不是伤心，我是太欢喜了。因为我在已经绝望了之后，而再得到了生命的搭救，那叫我如何不要欢喜得哭起来呢？"

"既然欢喜，你不应该哭，你……你应该笑才对啊！"

"是的，静妹，你瞧我不是在笑了吗？"

克俭挂着眼泪，真的嘻嘻地笑起来。曾静见他痴得可怜又复可笑，一时倒也不禁为之嫣然了，遂把他身子移到枕头上好好地躺下，逗了他一个媚眼，说道：

"现在你可以好好地吃些稀粥了，我给你到厨房里去盛吧！"

"不！慢些叫王妈去盛好了，你不要离开我，我要你一天到晚伴在我床边，让我把你看一个痛快！"

"别说傻话了，看看我的人，难道肚子就会不饿了吗？"

曾静红晕了粉脸，向他娇嗔地说，嘴角旁却忍不住露了一丝笑意。克俭这会子精神也好得多了，拉了她手，笑嘻嘻地说道：

"你瞧我病也好了，那肚子如何还会饿呢？好妹妹，你真是我的灵魂一样，有了你，我就活了命。没有了你，我是只有死的了。"

"原来你这病是唬人的，真是难为情都不怕吗？"

曾静扑地一笑，把手指去划他的脸皮。克俭听了，红了两颊，却深深地叹了一口气，说道：

"我倒并不唬人，实在是因为太痴心的缘故。因为你要离开了我，我就失掉了一个心爱的妹妹，那我做人还有什么滋味呢？所以我一心一意就只想死了。"

"唉！你把一个女人比自己生命还看得重要，在这国破家残的环境里，你如何对得住你自己的良心呢？"

曾静也深长地叹了一口气，她有些怨恨的表情，向他低低地责问。克俭惭愧地说道：

"话虽不错，但……我有了妹妹之后，我就有奋斗的志向了。假使妹妹叫我去加入义勇军，我一定也会跟敌人去拼命的！"

"好！我希望你不要忘了这两句话。"

两人说到这里，徐太太也走进房来。曾静站起身子，微含了笑容，说道：

"干妈，克俭哥今天病体好一些了，他已经想吃东西了，我去给他盛稀粥来吧！"

"真的吗？阿弥陀佛，谢天谢地，大王庙的菩萨果然很灵验哩！"

徐太太听曾静这样告诉，她把心中的忧愁消失了大半，虔虔诚诚地念了一声佛，非常安慰地回答。曾静听了，忍不住暗暗好笑，但口里当然不说什么，她便匆匆地走到厨房里去了。这儿徐太太坐到床边，伸手摸着克俭额角，叮嘱着说道：

"孩子，你这次病能够好起来，完全是靠菩萨保佑你的，所以从今天起，你应该相信菩萨，初一月半，你要吃素才好，那么菩萨一定会保佑你长命百岁没病没痛的。"

"妈，你知道我这病是怎么会好起来呢？"

克俭由不得笑出声音来，遂叫了一声妈，向她得意地问。徐太太见儿子昨天还昏昏沉沉的状态，不要说茶不思来饭不想，连开口说一句话的气力都没有。但此刻居然有说有笑，完全改变了一个人样儿的神气，她心里好不欢喜，这就笑道：

"那还用说吗？当然是全靠菩萨的神力呀！"

"妈，烂泥菩萨会医病，这就无怪世界上一班庸医都要自称为华佗再世了。"

"罪过，罪过，傻孩子，你千万不要胡说八道呀！大王庙的菩萨是灵验的，真可说有求必应。瞧我昨天刚去许下了愿心，你今天不是马上就好得多了吗？"

"这是给大王庙菩萨做投机做到了，世界上的事情，往往碰得凑巧，张冠李戴地会得到一种意外的幸运。"

"孩子，你越说越不对了，这……话是什么意思？你如何竟有这么多的疯话啊？"

134

在徐太太耳朵里听起来，觉得克俭说的话，真所谓语无伦次，几乎疑心他有些疯癫的成分了，所以迟疑了目光，呆望着他急急地说。克俭笑了一笑，方才一本正经的样子，说道：

"妈，我老实地告诉你吧！我这个病，也不是大夫瞧好的，更不是大王庙菩萨医好的，实实在在是曾静妹妹把我医好的呀！"

"孩子，你……这话是打哪儿说起来的呀？为娘实在是太不明白了。"

徐太太听了这些话，她弄得目瞪口呆，真是丈二和尚摸不着头脑，一时皱了眉毛，又急急地追问。不料正在这时，曾静已亲自地搬了稀粥和小菜匆匆地走进房来。克俭在曾静的面前，自然不敢冒昧再说这些话，他恐怕曾静要生气的。但徐太太是管不到这许多，她就向曾静笑嘻嘻地问道：

"静小姐，克俭说你把他的病医好了，我倒有些弄不懂起来，难道你也会做大夫的吗？"

克俭在母亲说这几句话的时候，他心中真是急得了不得，眼睛向曾静偷望了一眼，果然见她两颊像玫瑰花朵儿般的娇艳起来，一面放下稀粥和小菜，一面赧赧然有些嗔恨的意思，说道：

"干妈，我哪儿会做大夫呢？你听他的胡说八道！"

曾静说完了这两句话，她在房中当然再也不好意思站下去，因此一骨碌转身便走到房外去了。克俭见她果有恼怒的神情，一时急得额角上汗如雨冒，遂急急地向徐太太埋怨道：

"妈，你……你怎么能够这样问她呢？人家一个女孩儿家当然要害羞了。假使她生了气，又不答应我了，那……那……叫我一切不是又完了吗？"

"咦！这……不是你自己说的吗？你说你这病是她医好的，那么我就是这么地问她一声，我想也没有什么大不了吧？"

徐太太见儿子说到后面的时候，竟是双泪交流下来，一时心中也有些明白了，她到底是个上了年纪的人，见多识广，所以她此刻已猜到儿子的病就是属于相思病一类的了。不过她表面上还故作不明白的神气，向他低低地反问。克俭这就直接地说道：

"妈，你怎么一些也不知道的呢？曾静她起初不肯嫁给我，因为她要到北平去，所以我病了。大概曾静见我病得快要死了，所以心中很不忍，她刚才便答应嫁给我做妻子了，所以我的病也马上好起来了。妈，你如何能这样直接地问她？那也无怪她要怕羞起来了。"

"哦！哦！傻孩子，原来是这么的一回事，可怜我就压根儿没有知道你生病的原因呢！否则，我早就向静小姐哀求了。现在她既已亲口答应了你，她如何还会有翻悔的道理？你放心，快先吃了粥吧！回头我也去跟她说定了，等你病复原之后，我马上给你们结婚，那你终可以高兴的了。"

克俭听母亲这样安慰自己，一时把焦急立刻化为乌有，忍不住挂了眼泪，嘻嘻地笑出声音来。徐太太这时把一星期来的烦恼也抛掉了，脸上的笑容始终没有平复过，遂拿了粥碗，亲自地服侍儿子吃稀粥。说也有趣，克俭竟一口气吃了三碗稀粥，还说不大饱哩！这种病症真可说是人间的怪病了。

从此以后，克俭的病就一天一天地好起来。但曾静躲在自己的房中，却不肯再到克俭病床边来服侍了。后来经克俭再三地叫母亲去央求，曾静只好厚了面皮，到克俭房中来了。克俭见房内一个人都没有，遂向曾静说道：

"静妹，你好硬的心肠，这两天为什么不到我房中来望望我呀？常言道：一日不见，如隔三秋。何况我们已两天不见，那你真把我想念苦了。"

"谁叫你那张快嘴先向干妈告诉了？人家不是很难为情吗？"

曾静说到"难为情"三字，她真的显出娇媚不胜情的意态，赧赧然地逗给他一个白眼。这白眼在克俭瞧来，真是美丽可爱到了极点，这就伸手握住她的纤手，无限得意的样子，笑道：

"这也没有关系，我们不是早晚终要向爸妈告诉的吗？静妹，我妈可曾对你说过？等我病好后，他给我们马上就洞房花烛哩！妹妹，你……心里欢喜吗？"

曾静没有回答，低垂着红晕的粉脸，她似乎怕难为情。克俭见她不作声，遂沉吟了一会儿，低低地说道：

"我想你的心，终是在仲林的身上吧！"

"唉！我已经答应嫁给了你，你为什么还要这样的瞎猜我呢？难道说你以为我的情意完全是假的吗？"

曾静听他这样的说，她芳心中就有些悲酸的意味。抬起头来，叹了一口气，秋波逗了他一瞥哀怨的目光，眼泪便大颗地滚了下来。克俭这才深悔失言了，遂伸手连连打了自己两下嘴巴，说道：

"该死该死！我简直是胡说八道，放屁之至！静妹，你不要生气，请你原谅我吧！"

曾静的本意，老实说，的确是并不爱克俭的。第一，他爸爸是个汉奸。第二，克俭并不是一个什么了不得的好人才。她当初

137

的目标是认得清清楚楚的，就是爱上了仲林这个人。但世界上的事情，偏偏失意多于得意，老天是不肯称人心愿的，所以把一个可怜的曾静就弄成了现在这一个局面。她之所以答应嫁给克俭，也无非是一时的情感冲动，此刻被克俭戳心戳肺地一说，她如何不心痛欲割呢？所以克俭纵然是向她赔罪说好，她却越想越伤心，忍不住抽抽噎噎地哭泣起来了。克俭被她这样一哭泣，他心中真是懊悔到了极点，一时也不知该怎么地认错才好，索性也相对地哭泣起来。

两人哭了一会儿，曾静慌忙先收束了眼泪，心中暗想：我既然已答应嫁给了他，那么好好坏坏也只好归至于我的命运了。他的病才好一些，我如何能引逗他这么伤心呢？因为从此以后，他便是我的丈夫了，我终应该关切他的健康才好啊！曾静这样一想，他遂把手帕取出，给他拭了眼泪，微笑着说道：

"瞧你，真也痴了，你哭些什么呀？"

"我……见你哭得伤心，所以我也哭起来。假使你笑了，我马上也笑了。"

克俭见她又柔情蜜意地对待自己，一时心里又欢喜起来，他挂着眼泪，真的又笑了。曾静见他这样哭笑无停的，倒是轻轻地叹了一口气。克俭连忙问道：

"你怎么又叹气了呢？"

"我想不到你一个男人家竟会和我们女孩儿家一样的痴痴癫癫，我希望你以后要拿一些勇气出来，在我们这一个恶劣的环境里，实在还需要奋斗一下不可！"

"是的，你这些金玉良言，我一定牢记在心里。终有那么一天，你会相信我是一个勇敢的人！"

克俭点点头，他方才平静了脸色，一本正经地回答。曾静的芳心里似乎得到了无上安慰，她紧紧地握了克俭的手，颊上的笑涡儿这就微微地掀起来了。

这是一个月圆的时节，克俭和曾静终于在众宾欢然的热闹声中而结成了美满的良缘。灯地酒阑，夜已深沉，贺客皆已散去，一对新人也早已在暖和和的闺房里面享受着鱼水之欢了。

光阴匆匆，克俭、曾静结婚之后，不知不觉已有一年多的日子了。在这一年之中，他们夫妇俩便在一个新华中学里教书。名义上是在教育界里工作，实际上克俭和义勇军颇有一些联络关系。他把日军的情报，时常供给义勇军知道，因此使日军屡次遭到义勇军的打击，这些都是克俭的功劳。那时东北的义勇军都是游击战，他们各自一军地和日军抵抗，在义勇军和义勇军之间也并没有联系的。所以克俭虽然一直打听孔伯坚的下落，却是没有消息。

这是一个寒冬的天气，外面的雪花像鹅毛般地狂飘。那间教务室里四面窗户是关得紧腾腾的，室中还生旺了一只融融的火炉，但里面空气仍旧不见得温暖，教师们坐在案头上批改着学生们的卷子，还不时地停下笔杆，把手放在嘴上呵气取暖。不多一会儿，当当的上课钟声响了，教师们挟了书本都向教室里去了，这间教务室内就只剩克俭一个人了。原来他这一个钟点内没有课程，所以一个人坐在案头上静悄悄地批改学生们的考卷。不料正在这个时候，忽然门外推进一个满身堆雪的大汉来。克俭抬头见他左臂上已受了枪伤，所以连衣服上的雪花都被血水染红了。见

139

了这个大汉，克俭就明白这是义勇军中的同志，大概被鬼子兵发现而受伤了。方欲站起相问，那大汉已向克俭跪下叩头，连连呼救。克俭连忙把他扶起，说道：

"你是咱们的弟兄吗？是不是鬼子兵伤害了你？"

"是的，鬼子兵已追来了，你……快些给我一个地方躲藏躲藏吧！"

克俭见他慌慌张张地说，遂情急智生地把他拉到一张靠壁的写字台下面，然后自己坐在写字台旁边，把蹲在写字台下的大汉完全遮蔽了。因为这一间四方的教务室，除了几张写字台和书橱之外，实在没有安全的地方可以给他躲藏。克俭虽然想到给他躲在写字台下，也不是一个安全之地，不但不安全，而且是冒了绝大的危险。不过克俭为了救他心切，所以连他本身的危险也置之度外了。就在这当儿，一阵嗒嗒的皮靴声，接着那教务室门砰的一声被踢开了，外面冲进五六个鬼子兵来，仿佛是野兽那么的凶猛，把刺刀一横，喝道：

"喂！你瞧见一个强徒逃进来吗？"

"什么强徒？我没有瞧见呀！"

克俭竭力镇静了态度，慢慢地站起身子来，他穿的原是件皮袍子，所以背了身子，紧紧地遮蔽着写字台下面，低低地说。那个队长模样的鬼子兵，两道凶险的目光，向室内四周扫射了一下，然后向部下说了一句日本话，那四五个鬼子兵立刻东寻西找地检查了一会儿。克俭在他们检查的时候，可怜他那颗心几乎要从口腔里跳出来，而且他的两腿忍不住已瑟瑟地发抖起来。四五个鬼子兵的检查也无非应个景儿罢了，因为这四方大的一间室中实在没有可以躲避的地方。这个鬼子队长的两眼，凶巴巴地注视着克俭的脸色。因为他部下找寻不到什么强徒，遂一步一步地向克俭逼近过来。克俭在这个时候，倒也并不害怕了，遂先说道：

"我一直没有离开过这间房子，所以根本没有瞧见什么强徒逃进来，请你们到别个房间去搜抄搜抄吧！"

"嘿！你这个坏东西！我瞧见这屋子门口的雪地上有血水，这强徒一定逃进屋子来的！你快说出来，强徒躲在什么地方？否则，我抓你到司令部去！"

克俭想不到屋子门口的雪地上给他们已经发现了血水，这就脸色转变了有些灰白，暗想：糟了，今天的事情可有些尴尬了。但那鬼子队长好像已窥破了他的虚心，伸手猛可抓住克俭的衣襟，就向左边再把他身子用力推了开去。克俭因为是害怕的缘故，他的气力会消失尽了的样子，立刻仰天跌了跤，倒在地上，竟爬不起来。可是在这时候，那另外几个鬼子兵已发觉写字台下躲藏着一个人，于是大叫在这儿，在这儿，两个鬼子兵抢步上去正欲把那大汉从台底下抓出来的时候，忽然砰砰两声，只见那两个鬼子已应声而倒，中弹死了。其余三个鬼子兵一见这情形，明知这枪声由台子底下发出来的，遂也一齐拔出枪来，都向台子底下砰砰地开放。但这些鬼子还恐怕那大汉没有死，所以逼着克俭把那大汉去拖出外面来。克俭在枪尖威胁之下，只好把那大汉由台子底下拉出来。只见那大汉满面满身都是鲜血，但他似乎还有最后一口气，向克俭望了一瞥惨淡的目光，十分抱歉的样子，说道：

"好兄弟，我已经拿回了本钿。但是，我却累……害……

了你。"

那大汉说完了话，眼皮合上，手里握着的那支盒子炮也落到地下去了。克俭把他尸体轻轻地放在地上，站起身子，他眼眶子里已贮满了晶莹莹的血泪了。但鬼子们已一齐奔上来把克俭抓住了，因为鬼子兵也死了两个，所以把一股子怒火都发泄到克俭头上去。大家拳脚交加，可怜克俭在暗无天日的恶势力下，就被他们侮辱了一个够。结果，还把克俭一同抓到司令部里去。门房间里的校役，一见徐先生被捕，便急急进来报告。但这时候曾静等各级教师因为听到枪声，也赶到教务室来看究竟。当下见到室内死了两个鬼子兵和一个大汉，而克俭的人却不知去向，大家也都吃惊不小。尤其是曾静的心中，急得小鹿般地乱撞，几乎要哭起来了。这时校役也气急败坏地来报告徐先生被捕的话，曾静啊呀了一声，她的脸色已变成了死灰的模样。不料这时司令部又派大队鬼子到来，将全校的教师都抓到司令部去了。

司令部的松冈少将，因为恐怕新华中学里就是义勇军的机关，所以把全校教师都抓来个别审问。但这些教师确实都是普通的百姓，他们当然是竭力地否认。曾静在这时候，自然也没有勇气说出来自己确实和义勇军有联络的，她急于想走出司令部，回家告诉震环，可以叫震环来保克俭出来。松冈因为问不出什么头绪，遂放他们回去，一面又把克俭提押上来审问。可怜克俭这时已被鬼子一顿毒打，全身已经伤痕斑斑，十分凄惨。当下松冈问道：

"你和义勇军到底有没有关系的？你为什么把义勇军藏起来？你们这学校就是义勇军的机关吗？"

"不！不！都不是，都不是的，因为那个大汉是我从前的朋友，他逃进来向我求救，我为了朋友义气关系，所以才救他的。不过，我并没有知道他就是义勇军，假使我知道的话，我绝不让他躲藏的。"

"哼！你这小子！好狡猾的嘴，还不肯说实话吗？"

"我说的完全是实话，一些也没有说谎。"

"他妈的！把他拖下去再打一顿。"

松冈咬着牙齿，大骂着说，于是四个鬼子兵如狼似虎地又把克俭拖到用刑房间里去了。就在这时，有个鬼子自外而入，报告维持会会长徐震环来叩见司令。松冈遂命请他入内，不多一会儿，徐震环满头大汗地奔进来，扑地一声，就跪在松冈面前，连连地拜个不停。松冈奇怪地问道：

"什么事？什么事？徐会长，你行这么大礼干吗？"

"请少将大人开恩，救救我儿子一条狗命。"

徐震环双泪交流地说，他的两手还是拜个不住。松冈叫他起来，命他旁边坐下，莫名其妙地问道：

"谁是你的儿子？你儿子是哪一个呀？"

"刚才新华中学被你们抓来的那个徐克俭，他就是我的儿子呀！"

"什么？他就是你的儿子，那好极了，你的儿子尚且要反对我们皇军，那还得了，你知道你自己所负的责任吗？"

"这……这……我……我……的儿子他……是个安分守己的孩子，他……他绝不会反对皇军的，请少将大人不要冤枉他吧！"

徐震环见他不但不卖些情面，反而要自己负起责任来，一时急得死灰了脸色，不禁屁尿直滚地哭丧着脸回答。但松冈把脚一顿，猛可站起身子，还没有开口说话，谁知震环已吓得心胆俱碎，坐在椅上的身子，跌到地下去，几乎魂飞魄散的样子。这时听到一阵惨叫的声音播送出来，还有皮鞭落在肉体上的声音，也哗嗒哗嗒地响着。松冈阴险地一笑，说道：

"你听，这就是你儿子在叫喊的声音，他把强徒藏起来，还害死了我们两个皇军，你想，他是多么可杀呀！"

徐震环侧耳一听，他顿时毛骨悚然，只觉心碎肠断，泪如雨下。虽在寒冬的季节，他额角上的冷汗也会像雨点儿似的冒上来。他木然了一会儿，终于昏厥过去了。松冈便吩咐两个鬼子兵，把昏厥的震环送回到家里去。徐太太和曾静见震环这样死过去了似的回家来，一时也不知道到底是怎么一回事，因此婆媳两人都放声大哭起来。震环被他们哭得悠悠地醒回来，睁眼一见自己回到家中，猛可想起儿子的惨叫声，皮鞭哗嗒哗嗒之声，他是悲痛极了，伤心极了，因此他也跟着他们一同大哭不停。三人哭了一会儿，曾静先收束泪痕，急急地问道：

"爷爷，克俭能不能交保呀？"

"唉！完了，完了，什么都完了！克俭……这孩子……已被他们……"

"什么？杀了吗？"

曾静听他断断续续地告诉着，一时那颗心要从口腔里跳出来了，她惊叫了一声什么，粉脸惨白得快要发疯起来的样子。震环哭道：

"虽然还没有被杀，但人已被他们毒打得不成样子了。

144

我……求他们放了这孩子，他们不但不答应，还要我负责任呢！这怎么办？这怎么办？克俭若有三长两短，我这条老命还活着做什么呀！"

震环说罢，又捶胸大哭。徐太太更加心痛万分，也哭得死去活来。曾静觉得事已如此，哭亦无益。她含泪想了一会儿心事，忽然被她想出一个好主意，遂向震环夫妇俩劝住了，说小玉是在司令部里做松冈的太太，我还是打个电话给她，叫她想法子把克俭救出来吧！徐太太和震环一听这话，连说好主意，好主意。曾静于是三脚两步地奔到电话间去，打电话给小玉去了。不多一会儿，曾静匆匆地走回来。徐太太急问小玉肯不肯帮忙相救？曾静说小玉约她在四美咖啡馆里会面，因为电话里说话，诸多不便。震环听了，连催曾静快去快回，并叮嘱她千万要请小玉相救才好。曾静答应一声，便心慌意乱地匆匆赴约去了。

这里震环夫妇俩的心中，真好比滚油在熬煎一般痛苦。好容易地直等到傍晚时分，才见曾静急匆匆地回来了。震环夫妇忙问事情怎么样？曾静深深地透了一口气，说道：

"小玉一口答应把克俭救出来，叫我们不要伤心。她说她在司令部里忍辱偷生地过了这几年日子，确实也救过不少的好青年，她说她总算也对得住国家的了。"

"但愿菩萨保佑，保佑克俭平平安安地回到家里来。"

曾静告诉的话，震环夫妇俩听了，虽然宽慰了不少，但终觉得忧心煎煎，十分不安。徐太太合十了双手，虔虔心心地祈祷着说，她的眼泪又扑簌簌地直滚下来了。

这天晚上，他们三个人怎么能够睡得着？尤其是曾静的心里，想着克俭所以会有这么勇敢的行动，完全是自己平日鼓励他的缘故。但他今日受到这样苦楚，也岂不是自己害了他吗？因此心痛若割，忍不住暗暗地哭泣了一夜。

不论是什么人，中国人，外国人，凡是人都逃不过美色的诱惑。松冈少将虽然是个豺狼成性的野兽，但在小玉牺牲色相用尽柔媚手腕的迷恋之下，他也会糊里糊涂地答应了小玉的要求。第二天下午，把一个遍体皆是伤的克俭，由司令部送回到徐公馆来了。

克俭虽然是平平安安地回家来了，但已经是被殴伤得体无完肤，真令人有些惨不忍睹。震环是泪落如雨，徐太太早已儿啊肉啊地痛哭起来。曾静此刻的伤心已被愤怒占据，她望着克俭血痕斑斑的脸，她哭不出，只有惨痛地笑起来，咬牙切齿地说道：

"克俭，你勇敢，你伟大！你终该知道亡了家乡的同胞是多么的可怜呀！"

"这是给我的一个教训，使我更认清了目标，我才知道偷生苟活……是最懦弱最可耻的东西！爸爸，我希望你勇敢一些，你再不要做敌人的走狗了！"

克俭在万分痛苦之中挣扎出这几句话来，他的脸是涨成了铁青的颜色，眼眶里没有泪水，却冒出来火般的光芒。震环说不出什么话来才好，他除了叹气之外，是只有滚滚地落眼泪。曾静觉得现在不是伤心的时候，也不是愤怒的时候，最要紧的是把克俭的身体能够医治痊愈才是。所以她急急叫阿根把汽车预备好，就送克俭到中国医院里去了。

经过医生视察之下，知道克俭不但是体外受伤，连内部都伤得很重，需要住院好好地医治。曾静等听到这个消息，当然是愁眉不展，十分的悲痛。但是又有什么用呢？也只好暗暗地口念老天，希望克俭千万能够平平安安地好起来。可是当天晚上，克俭竟口吐狂血，脸色顿时惨变。这时病床旁边，只有曾静一个人陪伴着他。当下见此情形，急叫医生前来救治。但医生听过他胸部，按过他脉息，竟束手无策，摇头叹息不止，连叫完了，完了。曾静听了这两声完了，她那颗芳心好像已被魔爪摘去了一样，泪水涔涔而下，伏在床边，捧着克俭手，叫道：

"克俭，我……害了你……"

"不！你别说这些话，你……这么轻的年纪，是……我害……了你。"

克俭说到这里，一阵悲酸，到底是英雄气短，逃不过儿女情长，两行悲泪，早已沾湿了面颊。曾静咬牙切齿地说道：

"你也不要这样说，我……这一口气没有断，我……终要给你报仇！"

"是的，我……希望你……能……找到孔伯坚大哥！那……你……你……就见到光明的青天了！哎哟！哎哟！静……静我……马上就……要完……完了，在这……恶劣的……环境……下，我……们……还……需要……奋斗！还需要……血斗下去！"

"克俭，克俭！"

曾静见他断断续续地说着，大有上气不接下气的样子，忽然叫了一声哎哟，接着满嘴里又狂喷出鲜红的血。他脸色已像纸一般白了，两眼已向上翻了过去，但他还竭力挣扎着说出后面这两句话，同时他眼皮已慢慢地合上了。曾静连连摇撼着他的身子，高唤了他两声名字，当她发觉他的英魂已脱离这个世界的时候，她惨叫了一声：天哪！身子也昏跌在克俭的床边了。

克俭死后，震环也恹恹地病了。他是上了年纪的人，在悲痛与惊吓之下，没上一星期，他也呜呼哀哉了。剩下了两代孤孀，这凄惨的景象岂是笔墨所能形容其万一的呢？

曾静那时已被新华中学解职，为的是怕连累了他们整个的学校。曾静于是投考到中国医院来做看护，她预备把她的仁爱去服务病家。同时暗暗打听孔伯坚的下落，希望能够慢慢地达到给克俭报仇的目的。岁月悠悠地过去，一年容易，又是第二年的秋天了。曾静这天正从中国医院里出来，忽然在路上遇见了孔仲林。虽然五年不见仲林，他的脸是大改了样子，不过他脸部的轮廓，依稀地终还有些认识。因为仲林见了自己，视作陌路人一般，竟转身匆匆走开。她心中又怨又恨，因此情不自禁地抢步上前，把仲林的身子紧紧地拉住了。

第七回

仲林当时被曾静拉住，而且听她叫出自己的名字，同时连曾静的姓名也报告了出来，他这才又惊又喜地回过身子，望着她淡白的粉脸怔怔地愕住了。曾静见他仍旧不认识自己的样子，一时盈盈欲泪地叹了一口气，低低地说道：

"仲林，你……你……难道连曾静都会不认识了吗？虽然我们之间已隔别了五年，但我的人样到底没有什么大改变，倒是你虽然和从前大不相同了，皮肤黑了，人也苍老了，但……我始终认得你，你就是孔仲林先生。"

曾静说到先生两字，芳心一阵子悲酸，那明眸里的热泪，再也忍熬不住扑簌簌地落下了粉颊。仲林听她这样说，方才完全相信她确确实实就是自己旧时的心上人，因此伸手把她紧紧地握了一阵手，急急地问道：

"你……没有死吗？你……你原来还活在这个世界上？"

"唉！难道你就当我死了不成？"

仲林这两句话，是更加触痛了她的芳心，因此她几乎要抽抽噫噫地哭泣起来了。仲林虽然情感已淡漠了许多，不过见了她雨打梨花般的脸，一时也不免辛酸起来，遂皱了眉毛，深深地叹了一口气，说道：

"九一八事变发生，报纸上不是登载你们全家都殉难了吗？我还以为你是死了，所以我整整地为你伤心了几个月。"

"我爸爸确实是为国流了血，我妈也尽节自尽了，那时我因为在外面请医生，所以没有死在炮火之中，但我在半路上也受了流弹的伤。"

"那么你这几年来如何地过活呢？你既然没有遭难，你为什么不写信给我呢？"

曾静听他提起写信两个字，真所谓痛到心头，一时泪若泉涌，秋波哀怨地逗了他那么一瞥，凄凉地说道：

"九一八以后，我写给你的信件，我也算不清楚一共有多少封，但……仿佛石沉大海，竟得不到你一个字的回音。我起初以为邮局不通的缘故，后来日子久了，一切恢复常态，而仍旧得不到你的回信，我知道你是……变……了，我只好悲痛欲绝地死了这一条心。"

"唉！那叫我……真是难以辩白的了。"

仲林听她说自己变了心，同时又见她嘤嘤地泣个不停，一时觉得虽有百口，也难以表白自己的委屈。他叹了一声，眼泪也几乎夺眶而出了。曾静连忙问道：

"难道你是因为有什么不得已的苦衷才不给我回信的吗？"

"这事情说来话长，我们找个地方谈谈吧！"

"我们到中国医院里草地上去坐一会儿吧！"

曾静听了，觉得没有一个适当的地方可以谈话，于是眸珠一转，想出这个主意来回答。仲林点头说好，一面跟她步入医院，一面低低问道：

"你刚才不是从医院里出来的吗？是不是在瞧朋友？"

"不！我在医院里做看护了。"

仲林哦了一声，他没有回答什么，心中却在暗暗地难过，因为自己已经另外娶了妻子，曾静却还这样痴心地等着我，那我的良心实在是太对不起她了。中国医院的四周是个花园的布置，这是给病人在阳光之下散步透空气用的，所以也植有高大树木，奇异花卉，还堆着假山，开凿着池塘，草地上一排排长椅子，仿佛公园的样子。曾静在池塘边的长椅子旁站住，把手帕拭了拭椅子上灰尘，请仲林一同坐下，然后逗了他一个媚眼，低低地问道：

"你倒把你心里的苦衷说出来给我听听。"

"我在报上见到你们全家殉难的消息，我心里真是悲痛欲绝。但同时我更记挂家中爸爸和兄嫂的生命不知安全还是危险，所以信件也像雪片地寄去。"

"你爸爸、嫂嫂和侄子，我知道，他们也都不幸地死了！"

曾静不等他说完，便显出悲悲切切的神情，向他低低地告诉。仲林倒是奇怪起来，忍不住急急地问道：

"你……你……怎么知道的呀？"

"因为我碰见你的大哥，是你大哥告诉我的。"

"那么大哥如何没有向我提起他和你遇见过了的一回事呢？"

"什么？难道你也和你大哥碰见过了吗？"

曾静因为自己这两年来打听不到孔大哥的下落，此刻听了仲林的话，自不免惊喜地向他急急地追问。仲林有些猜疑的样子，他不敢直接地告诉，反而向她问道：

"怎么？莫非你也想找寻我的大哥吗？"

"是的，我……我……要跟你大哥一块儿去……杀敌！"

曾静满面浮现了杀气，她沉重地点头回答。当她说到"杀敌"两个字，先向左右望了一眼，见没有什么人注意她，方才恨恨地咬着牙齿说出来。这倒是出乎仲林的意料之外，他也向左右先望了一下，然后以惊奇十分的语气，低低地说道：

"你……你……已经知道我大哥所干的工作了？"

"你奇怪吗？哎！我救过你大哥的性命呢！"

"哦！原来还有这样的一回事情，你能详细地说给我听听吗？"

仲林又惊又喜的意态，握了她手，低声地问。曾静于是把那夜在克俭家里，相救伯坚的话，对仲林告诉了一遍，一面又说道：

"这是四年多前的事情了，你大哥也许已忘记了吧！"

"那么你一向是住在克俭的家里吗？"

"这事情说起来真是一言难尽。"

曾静又触痛了心头悲伤的事情，她的粉脸上忍不住又沾了无数的泪痕。仲林呆呆地望着她，却木然地出神。曾静接着叹道：

"假使没有克俭的话，我的生命也早被鬼子兵毁了。"

"那么是克俭救你的啰！"

曾静点点头，方才把过去的事情向他告诉了一遍。她明眸是含了无限哀怨的神情，瞅了他一眼，有些赧赧然地说道：

"我在进退维谷的环境下，我又有什么办法？我只好嫁给克俭了。"

"这是造物在播弄我们的命运，唉！还有什么可说的呢？那么克俭如今在干些什么工作？"

仲林听曾静嫁给克俭了，他不但没有感到难过，反而觉得心头轻松得多。因为彼此既然都已嫁娶，那么自己心中的歉疚当然也可以减少一些了。但曾静回答的话，使他立刻又伤心起来，因为曾静眼泪盈盈地告诉他，说克俭死了已将近一年了。仲林当下吃惊地问道：

"他……他生了什么病症？轻轻的年纪，怪强壮的身子，怎么就短命地死了？"

"他……死得多惨，多可怜的啊！"

曾静是伤痛到了极点，她眼帘下又显现了克俭惨死的一幕，这就伏在仲林的肩头上，呜咽地又哭起来了。仲林的眼泪，也会被她引逗得流下来，低低地安慰她道：

"不要哭，曾静，哭是最懦弱的表示。你告诉我，克俭是死在鬼子手里的吗？"

"克俭的爸爸是个贪生怕死的老糊涂，他为了要保全个人的生命财产，所以他就出任了伪组织的官职。我怕克俭被他父亲同化，所以时常地忠告他劝谏他，终算他没有同流合污干出可耻的事情来。自从我嫁给了他，他对我说，他将做一个勇敢的人。于是我们名义上在新华中学做教授，实际上却给义勇军干着情报的工作。不料去年寒冬的季节里，不幸的惨事，就发生了。"

曾静说到这里，遂把克俭因救义勇军而自己反受累的事情，向他详详细细地告诉了一遍。并且又接下去说道：

"克俭的爸爸，老弱无用，他因为痛儿子惨遭横死，自己虽然是个维持会会长，却没有能力救他儿子一条性命，在痛愤之余，便也一病死了。现在是只剩了我们两代孤孀，从此过着凄凉的生活了。"

"唉！鬼子害得我们真是太苦了。不过，克俭虽然是死了，我说他的精神是没有死。像他这么光荣地死了，不是比这般偷生苟活着的人们更有意思吗？只不过，丢下了你……那就太痛苦一些了！"

"克俭临死的时候，他跟我说，这个时代，只有奋斗才能生存！所以我要跟大哥一块儿去工作，一块儿跟鬼子拼命！给我爸妈报仇，给我克俭报仇，更给我东北的同胞报仇！"

仲林见她竖起了蛾眉，怒目切齿的神情，越说越愤激起来。因为恐怕被旁人听见了，不免有许多的麻烦，这就伸手把她嘴一按，点头说道：

"很好！你既然有这样的志愿，那我一定成全你达到这个杀敌的目的。"

"谢谢你，只要能够给我亲手杀死几个敌人，那我就是死了，也甘心的了。"

"静，你不要说死，我们有这一股子忠勇的气概，我相信我们永远能够达到成功的道路！"

曾静听他这样地安慰自己，一时紧紧地握住了他的手，忍不住也破涕嫣然地笑了。但忽然又想到了什么似的，问道：

"仲林，你和你大哥几时碰在一起的？刚才你的话还没有告诉完呀！这五年中你是不是一向住在北平？还有张有义他在什么地方工作呢？这些我都很希望能够知道一个详细。"

仲林于是也把自己所经过的事情，一件一件地告诉给她听。并且把自己这次到北平去的使命，也向曾静说了。曾静听明白了之后，她那颗芳心里真有说不出甜酸苦辣的滋味，含了眼泪，但粉脸上不浮现了一丝苦笑，低低地说道：

"我应该向你恭喜，你也娶了贤夫人了。"

"我以为你死了，所以我才结婚的，这些你将来碰到了有义，他一定会详细地告诉你，因为他是完全明白我的苦衷。我真没有想到你会死里逃生，这……我终觉得有些对不住你。"

曾静听他这样说，而且垂了头，表示非常难过的神气，于是微微地摇了一下头，长叹了一声，温情地说道：

"你别说这些话，我不怨恨你，因为我也跟别人结了婚。"

"可是，我知道你是逼不得已而出此下策的，我同情你，我知道你心里是向我的！"

"请你不要说下去了，我的心整个都粉碎的了。"

仲林这两句话，完全是撞在曾静的心眼儿上，她觉得仲林到底还不失是自己的知音。不过事情已到今日的局面，这些话当然是越听越心痛的。她连连地摇手，忍不住又闷声地哭起来。仲林觉得闷声地哭，比放声地哭是更加要痛苦得多。一时想到两人过去的情爱，花前月下，促膝谈心，千般恩情，万种缠绵，但到如今只落得悲酸的回忆，因此终于儿女情长，英雄气短，滚滚地落下泪来。

秋阳淡淡地已向西山沉沦下去，夜之神慢慢地笼罩了整个的大地，宇宙间的景物，都呈现了一种凄凉的颜色。曾静停止了哭泣，抬起了满颊泪水的头来，望了他一眼，低低地说道：

"这是我的命苦福薄，所以才落得这样心碎肠断的结局。假使我是一个有福之人，怎么会遭到这样的惨变呢？"

"我以为这些都是不足信的话，总而言之，这是鬼子害我们的！曾静，你不要再难过了，我们今生虽然不能成为夫妇，但我们到底成了杀敌的同志！这年头绝不是谈情说爱儿女情长的时候，我们应该拿出热血来，洗雪我们的国耻！拿出我们的力量来，夺回我们的河山！"

"是的，我们应该奋斗！拿我们血肉去换取这人类的自由平等。"

曾静被他激动得兴奋起来，遂鼓着红红的小腮子，也勇敢地说。仲林含笑点点头，站起身子，说时候不早，我该动身赶火车去了。曾静见他要走，一时倒又起了依恋之情，遂温情地说道：

"此刻已经晚饭的时候，我想请你到馆子里去吃饭，九点钟那一班火车，你乘了去也不算迟哪！"

"我怕时间会来不及。"

"你瞧此刻已五点五十分了，你赶六点班的火车倒真的来不及了。仲林！虽然我们是疏远了五年多的时间，但我们的友谊，终应该还存在的吧！今天难得碰见了，我请你吃一次饭，那也是情理之中，因为我们到底是老朋友哪！"

仲林一瞧手表，果然已五点三刻了。她说五点五十分，大概是故意多说五分钟的。当然啰！她是希望我能和她叙一次餐。因为不忍拂她的情意，遂也只好答应下来。曾静方才笑盈盈地陪他到一家聚英酒楼，两人在桌子旁坐下。侍者上来问他们吃点什么菜？曾静遂叫了两只冷盘，两盘热炒，一盘汤。侍者又问喝酒吗？曾静望了仲林一眼，笑问道：

"怎么样？这五年来可曾学会了酒吗？"

"拿一斤高粱来吧！"

仲林向侍者吩咐着说，侍者答应了一声，便匆匆地下去了。曾静有些惊异的目光，瞟了他一眼，问道：

"你如今酒量怎地学得这么好了吗？"

"酒能鼓励我的勇气，这两年来，我在外面过着孤单单的日子，也只有酒是我唯一的好朋友。"

曾静听他这样说，自不免暗暗地沉吟了一会儿，想道：在他这两句话中想来，可见他虽然是结了婚，但夫妇之间相会的日子也很少的。于是一撩眼皮，秋波斜乜了他一眼，说道：

"那你为什么不把夫人带在身边呢？我以为多喝酒，不但伤身子，而且容易误事。假使你夫人在你身边的话，她一定不会让你这样地多喝，同时你也不会感到孤单单地寂寞了！"

仲林被她这样一说，倒是不知该怎么地回答才好，笑了一笑。正在这时，两只冷盘和一斤高粱已由侍者拿上来，仲林遂也含混过去，把高粱在杯子里斟满了一杯，送到曾静面前，说道：

"你也喝一杯好吗？"

"我喝不了这么许多，倒半杯给你吧！"

曾静是一向不喝酒的，今天是例外，为了不使仲林扫兴起见，她只好应酬了半杯。仲林把酒杯向她举了一举，说声谢谢，便一饮而干了。曾静见仲林在过去是从来没有这样豪爽的性情，想不到五年不见，他的人样儿竟完全改变了，于是微笑着说道：

"你慢慢地喝吧！回头还要赶火车哩！"

"喝酒要痛快，喝得不痛快，那宁可不喝的。曾静，来，你也喝呀！"

"你喝一杯，我只能喝半口，喝醉了，会头痛的。"

仲林见她拿了杯子在嘴唇上碰了碰，表示喝过了的意思，这就哈哈地一阵子大笑，却一仰脖子，又是满满地喝了一杯。曾静这会子可忍耐不住了，便伸手把酒壶抢了过来，逗了她一个娇嗔，说道：

"仲林，我不怕你生气，我老实地说，我不赞成你这么一杯一口地大喝。虽然你已经是有太太的人了，但此刻太太没有在你身旁，我做朋友的，也应该尽个劝导你的责任。请你慢慢地喝吧！没有人会跟你抢着喝的。"

曾静说到后面，两颊也由不得微微地红起来，掀着酒窝儿，嫣然地一笑，神情是分外的娇艳。喝过一两杯酒后的仲林，他听了曾静这两句真挚恳切的话，一时心头把过去的旧情渐渐地复燃起来，怔怔地凝望着她粉脸，大有痴痴然的样子。曾静被他瞧得有些难为情，更加有些羞人答答的样子，问道：

"怎么？你怪我多事吗？"

"不！我在悔恨。"

仲林凄怨地说。

"你悔恨什么？"

曾静显现了惊奇的神色，话声有些急促。

"我不该跟别人结婚。"

仲林慢慢地低下头来。

"你这句话，难道你还有爱我的意思吗?"

曾静的感情冲动十分厉害。

"我……我……我想……我们过去的情义，还有什么人能及得上呢?"

"可是，你不能忘记了你的太太。"

仲林听她坚毅地说出了这一句话，这好像是一块大石击中在他的心里，顿时使他感到无限的羞愧和疼痛。他红了脸，再度地低下头来。曾静见桌子上面一滴一滴地忽然湿了许多水珠，显然他是在掉眼泪了，一时也由不得悲哀起来，颤抖着声音，低低地又说下去道:

"你和谢小姐的结合，我相信绝不是十分的勉强。这和我跟克俭结合一样，多少终有些感情存在。所以我们既然彼此已经婚嫁，那么我们应该是抱着忠诚的宗旨。你当然应该忠于谢小姐，就是我岂能不忠于克俭呢? 假使我因克俭死了而再想爱上你，那我就得对不住四个人。第一，对不住克俭。第二，对不住你的太太。第三，对不住你。第四，对不住我自己。你想，我不是变成一个无耻的女人了吗? 仲林，我还年轻，我还有火样的热情，而且我还更需要热烈的爱! 你听到这里，你一定会笑我，会骂我，说我这些话真是太矛盾了。但是，热情热爱那是每个人应该有的，只不过情爱的范围很广，并不是男女之间发生了肉欲关系之后就可以说是情爱了。不，不，绝对不! 情爱最最伟大的，尤其在这个时代，我们要把火样热的真情，去爱人群，去爱大众。我们更需要热烈地爱国家! 爱民族! 爱我们这破碎的东北!"

仲林听到这里，敬佩得五体投地，一时不等她说完，已经感动得涕泗滂沱，猛可握住她的纤手，诚惶诚恐地说道：

"曾静，你太伟大了！我枉为是个堂堂七尺之躯，我觉得我怎么能够及得上你的有思想有抱负呢？"

"不！我知道你是一个英雄，你是我们东北同胞的救星！我希望我们的爱联系起来，站在一条阵线上，共同地奋斗吧！"

"是的，你说的句句是金玉之言，我没有什么话可以夸奖你，我觉得你不愧是一个巾帼英雄！"

"那我可太不敢当了。"

曾静掀着酒窝儿，扬眉得意地微微一笑，低声地回答。接着回头高叫侍者，吩咐他把饭盛上，说我们不多喝酒，吃饭吧！吃毕饭，我送你上火车站。仲林见她这样爽快干脆，遂不敢多喝，两人就吃饭了。

饭毕，已八点敲过，曾静和他坐车到火车站，买了车票，两人在站里的长椅上坐着又谈了一会儿，这时火车已在月台上等候着旅客了。曾静见离开火车驶的时间只有十分钟了，于是站起身子，握了仲林的手，说道：

"你上车去吧！我们再会了。"

"好的，那么你等着我，我从北平回来，到中国医院来找你吧！"

曾静点点头，两人热烈地握了一阵手，方才含泪分别了。这晚曾静回到家里，左思右想，只觉无限的悲痛和孤寂，因此暗暗地哭泣了一夜。

仲林走出北平车站，踏上回家的道路，时候已在第二天清晨三点光景。天空还是漆黑的一片，亮晶晶的小星不住地在向人眨眼睛。仲林暗想：此刻回去敲门，恐怕大家还都在睡梦中吧！那似乎很不好意思惊吵仆人们。因为自己住在启棠家里，原是客气的，倘若不识相，难免被下人们说闲话，于是他想找个小旅馆，暂时去住一宵。不过转念一想，我又不是常常要惊吵他们，这是难得有这么一回情形的事情，我也不必再有那么许多顾虑了。因为住旅馆，又得多一笔开销，这种无谓的花费，当然太可惜。仲林这样转念之下，便鼓足勇气决定回家去敲门了。

仲林足足揿了十分钟的电铃，门房间里的阿六，方才披着衣服，揉着眼皮，走到大门口来，有些恼恨的口气，喝问道：

"半夜三更，什么人在敲门呀？"

"阿六，是我，孔仲林乘夜车回来了。"

阿六一听"孔仲林"三字，心头别别地一跳，连忙打开大铁门上的小圆洞来，拿了手电筒向仲林脸上一照射，果然是姑爷回来了。这就急急开了门，满面堆笑地叫道：

"啊呀！我真没有想到姑爷此刻会回家来，怎么？没有什么行李吗？"

"我有要紧事情回来一次，所以不带行李。阿六，对不起，我惊醒了你的好梦。"

阿六表示殷勤起见，要给他拿行李，却找不到什么衣箱等物，遂又小心地问他。仲林一面跨步入内，一面向他表示歉意地回答。阿六不知道仲林这话的用意何在，所以立刻局促不安地红了脸，笑道：

"哪里哪里！姑爷，你要这么说，阿六可担受不了。我要早知道姑爷今夜回来的话，我就等你一夜了。姑爷，你辛苦了，我给你报告老爷去好吗？"

"不用不用，你管自地去安睡吧！我明儿再去见你老爷，此刻我不去惊吵他们了。"

仲林摇摇手，他一面已向孔雀厅那边屋子里走了。孔雀厅的楼上，就是仲林和安琪的新房。安琪这时候当然也睡得正浓，她怎么想得到仲林此刻会回家来呢？仲林轻轻地来到房门口，意欲伸手敲门的时候，忽然想到一部外国小说里曾经有过这么一回事情，那倒是挺有兴味的。仲林到了家里之后，他倒又顽皮起来了。于是他悄悄地来到隔壁的书房，走到阳台上，慢慢地爬到隔壁的阳台上去，轻轻地把落地窗一扳，只听嗒的一声，果然里面没有上插子，于是轻轻拉开窗子，闪身掩入房中。他这时心头也会做贼那么地乱跳起来，满面堆了笑容，只觉得无限的甜蜜。他的本意，原预备想这样子的在黑暗中摸索到床上去。但仔细一想，不能这样鲁莽，万一吓坏了安琪，那可不是乐极生悲了吗？于是便先开亮了室中的电灯，回头向床上望去，这就忍不住扑地一声笑出来了。你道为什么？原来安琪的枕旁边还睡着一个人，这个人不是真的人，却是一个洋囡囡。仲林暗想：安琪真还是一个孩子的脾气，怎么竟跟洋囡囡睡在一起呢？因为这种举动是一个十一二岁的女孩子常有的事情，想不到她一个已经嫁了丈夫的姑娘，也学这么一套玩意，那不是有趣了吗？仲林独自笑了一会儿，却又微微地叹了一口气，觉得安琪嫁给自己做妻子，实在也很苦恼的。我们结婚虽然已有两年多了，但夫妇之间受享闺房之乐的日子却并不多。可怜她是一个青春的少女，我真不应该丢了

162

她过着凄凉的生活呢！一时觉得自己很对不起她，尤其想到自己酒后仍然要爱曾静的一回事，更觉得十分惭愧。幸而曾静是个伟大的姑娘，她有纯洁的思想，清白的志气，否则，我不是要做了不忠实的丈夫了吗？仲林想到这里，眼角旁涌上了一颗晶莹莹的泪水，他情不自禁地走到床边去，俯了身子，在安琪殷红的小嘴上偷吻了一下。

安琪被他这么的一吻，自然便惊醒过来。她微微地睁开星眸，猛可发现床边坐了一个男子。因为她睡眼蒙眬地还有些糊里糊涂，自然大吃一惊，由不得呀了一声尖叫起来。仲林恐怕唬掉了她的灵魂，遂连忙温和地叫道：

"安琪，别怕，别怕，仲林回来了。"

"什么？我在做梦吧？"

安琪听这口音果然耳熟，遂仔细向他一认，嘿！那还不是仲林吗？心头这一惊喜，真是莫可言宣，立刻从床上坐起身子，但还有些将信将疑地说着。仲林微微地一笑，去拉她的手，说道：

"不是做梦，仲林真的回家来了。你不相信，你摸摸我的手呀！"

"啊！我的仲哥！"

安琪揉揉眼皮，摸摸他的手，她觉得眼前情形完全是事实的时候，这就兴奋地叫了一声仲哥，便猛可倒入仲林的怀里，紧紧地把仲林的脖子抱住了。两人亲热地抱了一会儿，吻了一会儿。仲林见她身穿一件鸡心领的府绸睡衣，两袖很短，还露着雪白粉嫩的玉臂，因为恐怕冻着了她，遂撩过一件羊毛短大衣，给她披上了，笑嘻嘻地说道：

"琪妹，你没有想到我这时候会回来吧？"

"这……我如何能想得到？仲哥，我真有些不明白起来，你怎么能走进房中来的呀？我的房门不是关得好好的吗？谁给你开房门的呢？"

安琪忽然又表示奇怪的样子，凝眸含颦地望着他，急急地诘问。仲林哈哈地一笑，伸手指了指阳台上的落地玻璃窗，说了一声琪妹你瞧。安琪回眸望去，果然见窗子已半开了，这才悄然有悟，一时又好气又好笑地逗了他一个娇嗔，说道：

"原来你是惯会做那偷香窃玉的勾当，不怕摔了下去，那是多么危险的！"

"我已经在房门口想敲门了，但我忽然想到外国小说里有这么一回事，这在我们小夫妻久别重逢之下，是更会增加甜蜜的爱情，所以我就这么照样地做了。但你也不小心，为什么把落地玻璃插子忘记插上了呢？"

"我哪知道这个贼子有这么大胆呢？要走进我们公馆的大铁门，不是已经很困难了吗？何况是我的房中！"

仲林见她俏皮地骂自己，而且她这表情是分外的妩媚，一时爱极欲狂，情不自禁把她紧紧地抱住了又吻了阵。安琪羞答答地打了他一下肩胛，笑着又问道：

"仲哥，你这次回来得很突兀，事先也没有写信来告诉我，是不是有什么公务么？"

"哎！对了，你这才是个聪明的太太哩！我确实是公务回来的。"

"什么公务？你能告诉我听听吗？"

"为什么不能够？而且还需要你大力帮助呢！"

安琪很坦白地回答，语气是分外的恳切。仲林非常的高兴，把她软绵绵的手又握了一阵，点头说道：

"你真是我孔仲林的好太太！叫我心里说不出该怎么样感激你才好。"

"仲哥，你说这些话太生疏了，叫我听了，反而不快活。我们是恩爱的夫妻，干吗又要提到'感激'两个字呢？我们这次分别，整整地又有半年多日子了。你们到了东北和鬼子兵可曾打过仗吗？"

"鬼子兵倒是给我们杀死了不少，但我们这一旅军队的弟兄也死伤过半了。幸亏我们和当地的义勇军联络在一起，所以我这次回北平来的目的，是请你给我募些捐款，预备购买枪弹等军械。这不但是救了东北的老百姓，而且也可说是救了我们弟兄们的性命。琪妹，你能负得下这个责任吗？"

仲林两道热情的目光，凝望着安琪的粉脸，似乎希望她马上能够答应下来。安琪微蹙了柳眉，低低地说道：

"募捐我当然尽力地去募，不过，我的意思，光是叫你们一支军队去拼死，这也不是一个道理，政府难道一些没有接济吗？"

"政府现在好像对于东北这方面有些无暇顾及，所以我们也不去麻烦他们了。假使我们有办法可想，我们终还是和鬼子血斗到底！"

"那么你们现在的情形也变成义勇军了？"

"义勇军也好，游击队也好，反正我们的目的是杀鬼子，给我们东北的同胞报仇！"

安琪听他这样说，心头有些凄凉的意味，忍不住深长地叹了一口气。仲林偎了她身子，温情地问道：

"怎么？你心里难过吗？"

"你们完全是用铁血跟头颅在和鬼子硬拼，我觉得你们太苦了！"

"我们倒不觉得什么苦，因为中国本来是穷苦的！琪妹，我还有一件事，应该要告诉你，可怜我爸爸、嫂子、侄儿都被鬼子害死了。只有我大哥伯坚，他……他已成了义勇军的领袖了。"

安琪没有回答什么话，她这会子眼泪却扑簌簌地落下来了。仲林知道她是因为我父亲等遭难而伤心的意思，遂拍拍她背脊，笑道：

"不要伤心，这半年来的日子，我已给他们都报了仇呢！伤心是没有用的，现在这时代，我们只有苦干、硬干、实干！"

"是的，你们兄弟俩都是民族英雄！我祝福你们，我祈祷你们会永远成功！"

安琪紧紧地靠在他的怀内，把粉脸偎在他的颊边，虔虔心心地说。仲林十分感激地抱着她软绵绵的娇躯，两人默默地温存了一会儿，安琪忽又说道：

"仲哥，你刚才回来的时候，我爸爸哥哥他们都知道吗？"

"没有知道，阿六给我开门进来之后，我就到这儿来的。因为此刻人家都睡得要紧的时候，我不敢惊动他们。只有琪妹，我是顾不得许多的了。"

"现在什么时候了？"

"快近四点钟了，再过二三小时，天就差不多亮了。"

"你在旅途中恐怕还没有休息过吧？快把衣服脱了，睡到床上来息一会儿吧！"

安琪红晕了粉脸，秋波赧赧然地瞟了他一眼，伸手去脱他身上厚厚的棉袄。仲林笑嘻嘻地说道：

"我身上太肮脏了，不配睡这绣花的被，还是给我沙发上靠一会儿，等明儿洗过了澡，我再跟妹妹一块儿睡吧！"

"你这是什么话？我以为你的身子是太圣洁、太光辉了！那些贪生怕死的奴才，才是最肮脏卑鄙的呢。"

安琪听他这样说，反而把娇躯倒向他怀内去，一本正经地说。仲林扬了眉毛，得意地笑起来，摸着她粉脸，说道：

"你不知道，我告诉你，这半年来，我没有洗过澡呢！"

"不要紧，你就是一年不洗澡，我也觉得你是太清洁了！"

仲林心里感动极了，他情不自禁地低下头去，在她小嘴上又热吻了一会儿。夫妇两人睡进被窝里的时候，安琪很快地把洋囡囡抱到床外来。仲林咴地笑道：

"琪妹，你一定感到太寂寞，所以买个洋囡囡来做伴吗？"

"不是，你不要胡说八道，我一些也不会感到寂寞。"

安琪很不好意思地"嗯"了一声，逗了他一个娇嗔，赧赧然地回答。仲林拉了她身子，一同在枕儿上睡下了，笑着又道：

"那你为什么把洋囡囡一块儿睡在床上呢？"

"哎！这有道理的！"

"是什么道理呀？"

"因为……因为……"

仲林见她粉脸红晕得更加美丽了，支支吾吾地却是说不出口来的样子，这种羞人答答的意态真是妩媚到了极点，一时又猜疑又奇怪，遂急急地追问她因为什么。安琪把嘴凑到仲林耳边，悄悄地说道：

"因为我腹内已有了一个小仲林。"

"啊！真的吗？"

这消息真是把仲林欢喜得笑出声音来，他一面急急地问，一面伸手摸到她的腹部上去，果然，高高地隆起着。一时又笑着问道：

"琪妹，有几个月了？"

"瞧你，真是一个糊涂的爸爸，你什么时候到东北去的？怎么还来问我呢？"

"哦！哦！是的，因为我第一次做爸爸，所以我有些乐糊涂了。让我算一算，是去年十二月里和你分手的吧？十二月，一月，二月，三月，四月，五月，六月，七月，八月，九月，啊呀！这么算来，你就在这个月里要分娩了呀！"

仲林一月二月地念下去，还把手指一个一个地屈着，当他念到九月的时候，便益发眉飞色舞地高兴起来，笑嘻嘻地问她。安琪酒窝儿一掀，也娇羞地笑了，秋波斜乜了他一眼，频频地点了下头，说道：

"可不是？因为我的睡相不大好，恐怕将来孩子养下了后，不惯睡在我的身旁。假使一不小心，明儿孩子被我踢到床底下去了，或是挤痛了，那不是很麻烦吗？为了这样，所以我预先把洋囡囡睡在我的身边，给我留心地先练习起来。起初半个月，我糊糊涂涂地把洋囡囡的手脚老是压坏了。但这半个月来，我小心得多了，连我转个身子都会想到旁边洋囡囡哩！"

安琪絮絮地说着，她完全还带有些孩子的成分。仲林心里有趣极了，搂着她颈项，忍不住哈哈地笑起来，说道：

"原来你是在练习着怎么样地做妈妈？嗯！这办法倒是挺有道理的。"

"是吗？你现在明白我的道理了。"

安琪一撩眼皮，玫瑰花朵般的粉脸上，那笑涡儿却没有平复的时候了。仲林越想越好笑，越想越有趣，觉得慈母的爱，在孩子没有落地之前就伟大地显露出来了。这就吻着她粉颊，说道：

"你自己还像一个小孩子呢！做妈妈确实有些困难，我想你还是用奶娘吧！"

"嗯！不！我不赞成把自己孩子给别人家去抚养，冷冷热热，奶娘哪会像自己一样的照顾着孩子呢！我嫂嫂那个孩子，前儿被奶娘不小心地不知给他吃了什么东西，肚子泻了，险些没了性命。现在我的侄子，也是嫂嫂自己领养了。"

仲林听她这样说，方才知道她是经验上所得的教训，一时觉得她现在完全变成个贤妻良母的典型了。遂笑着点头，一面又问道：

"那么你现在是闲在家时休养了？"

"不！我仍旧在国风中学做教授，我想孩子在没有下地之前，我总该替教育界尽一天的责任！"

"已经是分娩的一个月了，我劝你还是请人去代课一个月吧！万一在学校里教书的时候肚子痛起来，那可怎么办？况且凸了肚子去上课，学生见了不会笑你吗？"

"笑我倒不怕，反正我肚子里有的不是私生子。只是万一在学校里肚子痛的时候，倒有些麻烦。所以明后天，我原预备请个同学给我代课去。"

夫妇二人喁喁唧唧地谈个不了，直到钟鸣六下，东方已微微地发白，大家这才沉沉地睡熟了。等仲林醒来，早已日上三竿，但安琪已经不在床上了。仲林一瞧手表，已经十点零五分，于是急忙起身。刚披上衣服，安琪笑盈盈走进来，说浴间里已给你预备好了热水，快去洗脸洗澡吧！仲林点头说声费心，他便走到浴室内去了。

安琪给他备好了旧时穿的西服换身，但仲林只换了里面的衬衫小裤，外面仍旧穿着油光光的老棉袄子，他说他现在已穿不惯这些西服了。安琪没有办法，也只好由他去。吃午饭的时候，启棠父子俩特地赶回家中来吃饭。仲林一面向岳父请安，一面告诉他这次回北平来的目的，并且要求启棠，希望他老人家也能捐一些款子来救济他们的弟兄。启棠本是一嗜钱如命的守财奴，他听了仲林的话，表面上虽然表示赞成，但心里却非常不情愿。倒是守仁被仲林的热血所感动，他很诚恳地答应帮助仲林，说一定能够完成仲林这次到北平来的目的。

午后，启棠、守仁回到财政厅去办公。仲林闷闷不乐地坐在沙发上吸烟卷。月华向安琪努努嘴，望着仲林，说道：

"姑爷，你不要灰心，常言道，有志者事竟成，你放心吧，我想你的目的一定会达到的。"

"嫂嫂这话不错，我爸爸这人的脾气就是这个样子，起初问他要钱是肉痛的，到后来就什么都答应了。"

"我倒并不是为了你的爸爸一个人不大愿意捐款而感到烦恼。只怕整个北平的富豪们，对于这些爱国的事情，都会漠不关心的吧！"

仲林听她们姑嫂俩这样地安慰自己，遂深长地叹了一口气，无限愤慨地回答。月华、安琪遂向他又安慰了一番。仲林忽然想到了似的，问安琪说道：

"你今天没上学校里去吗？"

"早晨打电话给我同学张翠英女士，请她给我代课，她答应了，刚才我已陪她到学校去过了。哦！我竟忘记了一件事情，学校里同学们听说你从东北回来，他们都要瞻仰你这位民族英雄，所以大家要请你明天早晨到学校里去演说，你答应吗？"

安琪这两句话，倒把仲林又说得兴奋起来了，遂含了笑容，连说可以可以，我一定去演说。心中暗想：这倒是一个好机会，至少对于我的募捐能发生一些帮助。晚上守仁回来听到这个消息，他也很欢喜，说他有个朋友是报馆记者，我打电话给他，叫他明天早晨到国风中学来听你的演讲。同时你们可以认识认识，假使他也同情你的话，他一定会帮助你，在报上给你发表谈话，还可以请报馆代收捐款，这不是很好吗？仲林听了，忙问这位记者贵姓大名？是在什么报馆任职？守仁说他名叫蒋大为，是《新生日报》的记者，在新闻界里也相当走红的。仲林认为这是自己需要跟他联络的，于是马上请守仁陪他去拜访蒋大为。守仁自然没有拒绝他，两人坐了汽车，便到新生日报去了。

这晚仲林由新生日报回家，他把颓伤的神情早已化为乌有了。原来蒋大为也是一个热血青年，他原籍本是东北，虽然早年迁居北平，这次并没有遭到鬼子的残杀。但是他对于故乡的沦亡，也表示十分痛愤，过去在报上也曾大声呼吁，要夺回我们的东北。现在见了仲林这位民族英雄，他深表敬佩，决心以全力帮助仲林完成他这次到北平的使命。你想，仲林如何不要欣喜得雀跃起来呢？

第二天早晨，安琪伴着仲林匆匆来到国风中学。校长徐洁明亲自招待，表示十分欢迎。不多一会儿，蒋大为也匆匆赶到，由仲林给徐校长和安琪介绍了一会儿，大家寒暄了几句。这时钟声已敲，全校学生早已整整齐齐地在大礼堂上排了队伍。当下由徐校长陪伴仲林到讲坛上，向学生们介绍了。只听噼噼啪啪的一阵掌声，仿佛雷声似的狂响起来。众学生见仲林身穿破棉袄，面目黝黑，但精神奕奕，确有些威武逼人的样子。大家心中早已存了一份敬意，所以拍过了一阵手之后，早又鸦雀无声，差不多连每个人的呼吸都能听出来了。仲林向同学们点了点头，然后洪亮地说道：

"诸位青年的同学们！今天兄弟能够在这儿跟大家说几句话，真觉得非常的荣幸和高兴！大家当然知道我们东北四省沦陷在敌人的手里整整已有五个年头了，在这悠久五年的日子中，我们可以想象到四省的同胞，在敌人铁蹄之下是过着哪一种痛苦的生活。不用说的，当然是泪血混合成的地狱生活。东北的同胞绝不是甘心受辱在敌人的铁蹄之下，所以一班铁血青年都纷纷起来抵抗，于是伟大的义勇军，也就蜂拥而起。然而义勇军绝不是光着两个肉做的拳头，也可以和敌人的炮火奋斗的！所以他们需要的，就是唯一宝贵的枪弹。兄弟这次到东北半年多的日子，天天在冰天雪地中和义勇军一块儿跟敌人拼命，我们是偷袭了敌人的枪械，再去杀我们的敌人！这种苦心，我在没有告诉诸位之前，也许大家是不会知道的。当然啰！这因为中国是个贫穷的国家，然而贫穷并不可怕，最可怕的，是装富。只有不肖的子弟，才看不起穷的家庭。也只有不肖的黄帝子孙，才看不起穷的中国。我相信中国虽然是穷的，但有一部分的人民确实是富豪的。他们手里有许多的黄金美钞，他们的财富，可以远胜中国整个的财政。但是他们看不起祖国，他们不信任祖国，他们竟把财产完全存到外国银行里去。在他们以为中国亡了，这对他们好像是无关痛痒的，因为他们可以到外国去做寓公，甚至于加入了外国籍去做那中国血统的外国人！我以为这完全是国民缺乏民族思想、国家观念的最大因素。我拿范围小一些来说，比方说东北沦亡了五年，在东北四省以外的同胞，除了少数人感到痛愤之外，我相信有许多同胞还是漠不关心。在他们以为只要敌人不打到北平，不打到南京，那么在北平在南京的同胞们依旧可以平平安安歌舞升平地活下去。他们并没有想到敌人的野心是漫无止境的，你们不去争斗夺回东北，那么敌人一定会得寸进尺地来吞没整个的中国。这和人身上生了一个疮一样，若不早日地割治，那溃烂的地方必定渐渐地扩展。所以我不得不大声疾呼，中国已到了最危险的关头，四万万五千万同胞应该拿出力量来，有力的出力，有钱的出钱，我相信中国一定有挽救，一定有新的建立。兄弟这次由东北回北平来的使命，就是向整个北平市的同胞募捐一些钱，去购买我们义勇军第二生命的枪弹，以期达到我们夺回东北的目的！诸位同学们，大都是热血青年，你们当然明白这不但是在救东北，

173

而且也是救北平，救你们自己，唇亡齿寒，这不是一定的道理吗？最后，兄弟希望大家能够给我表示同情，并给予我们伟大的帮助！则兄弟代表东北数千万的老百姓向你们致敬！"

仲林慷慨激昂地演说了这一大篇的话，最后，还向大家立正敬礼，于是国风中学千个同学便也鞠躬还礼，并狂呼：我们要救东北，我们要夺回东北！其中有几十个东北籍的同学，他们都感动得放声大哭起来。

仲林当由徐校长接待到会客室休息，蒋大为把仲林演说的话早已全部录下，并且说明天就把它在报上刊登出来。这时安琪向大为感动地说道：

"蒋先生，请你明天在报上再登一个消息，就是把我所有的首饰和私蓄共约十余万，悉数作为捐款。这些款子饰物，我下午立刻拿到报馆来，请你蒋先生代收。"

"好极了，好极了，孔太太以身作则，给我们整个北平市的同胞来做一个模范。我想孔先生这次来平的使命，必定是成功的！"

蒋大为满面堆笑地回答，他表示十二分的敬佩。这时外面忽然走进十二个同学来，他们说是全体同学的代表，愿意在半个月之内，他们去奔波效劳，募捐成二百万元之巨金，献给东北义勇军去购买第二生命的枪弹。仲林听了这话，不由感激涕零，除了个别地和他们一一握手之外，又深深地鞠躬表示道谢。

第二天，北平市的各大小报上就登载了三则新闻：第一则是孔仲林将军在国风中学慷慨演说的经过情形，第二则是孔夫人谢安琪女士拿饰物作为捐款，第三则是国风中学全体学生实行募捐，为国出力。这三则新闻登出之后，北平市的同胞们，都大为感动，纷纷自动捐款者，日必数十起之多。有人力车夫黄大毛者，甚至把他一日苦力所得酬劳，悉数充捐，其爱国精神，令人堪佩。在这样情形之下，谢启棠如何还有推诿的余地？因此也只好肉痛地捐出了十万元钱。仲林自然万分兴奋，觉得中国民心不死，一定大有救星。因为自己到北平一转眼已有一星期了，他记挂着东北的弟兄们，所以无心再在北平留恋，把购买枪弹的事情，完全托付谢守仁和蒋大为两人办理，他预备次日一清早，便动身回东北去了。

这天晚上，仲林、安琪夫妇俩呆呆地坐在房中，相对出神。仲林见安琪的粉脸大有凄凉神色，遂紧紧地握了她的手，说道：

"我来不及等你养下孩子就要回东北去了，这些还得请你原谅我才好！"

"为了国，可以忘了家，这是大丈夫应该有的壮志，我绝不怨恨你的。"

安琪眼眶子里虽然是贮满了晶莹莹的热泪，但她口里还是鼓励着他回答。仲林觉得安琪真是一个不平凡的女性，他感动得不知怎么才好，遂拥抱了她身子，笑嘻嘻地点了点头，说道：

"谢谢你这样的深明大义，你真是我的好太太！"

"……"

安琪没有回答，粉颊上已有些润湿了。

"琪妹，不要伤心，这次我能够完成使命，这多半是你的力量，我觉得你是伟大的女性！"

"我不伤心，我很高兴……"

仲林拿手指去抹她颊上的泪水，向她赞颂地说。安琪挂着眼泪媚笑起来，但她话声终有些哽咽的成分，接着又天真地问道：

"仲哥，我这肚子里的小天使，不知是男的还是女的？"

"男的也好，女的也好，反正我心里都很欢喜。"

仲林用了温情的语气，低低地安慰她。安琪点点头，秋波含情脉脉地凝望着他脸，表示感激他的意思，接着又笑道：

"生下男孩子给他取什么名字？生下女孩又给她取什么名字？你先取两个留着吧！"

"我想生下的是男孩子，就叫他小仲，假使是女孩子，那你就叫她小琪，不是很好吗？"

"好！我希望生下的是一个小仲。"

安琪赧赧然地说，她娇媚地一笑，这神情真是美丽得令人可爱。仲林心里不觉荡漾了一下，他有些情不自禁地挽了她脖子，在她小嘴儿上甜蜜地吻住了。

第八回

　　黄昏的时候，太阳已淡淡地消失在宇宙之间，暮霭也已笼罩了整个的大地。仲林匆匆地踏进了中国医院的大门，走到传达处里一问，方知曾静有三天不曾到医院来服务了。仲林不由暗暗地奇怪，遂皱了眉尖，急急地又问道：

　　"请问曾小姐是为什么请假的？你可知道吗？"

　　"听说她府上有人病了，病得很厉害，所以她这几天分不开身到医院里来了。"

　　"哦！曾小姐府上的地址在哪里？请你告诉我好吗？"

　　"这个……我倒不详细，请你等一等，让我给你到里面去代为问一声吧！"

　　"谢谢你，哦！慢来慢来，你不用去问了，我已经记起来了。对不起，再见。"

　　仲林在他开步向医务室内走的时候，忽然想到了，觉得自己真也糊涂得可怜。曾静既然已嫁给克俭为妻，那么她现在住的地方，当然也就是克俭的家里了，我还用得了请他再去麻烦吗？于是连忙叫他回来，一面含笑地说，一面向他点点头，匆匆地又向医院门外走出去了。

　　克俭家里地址，仲林是知道的，所以他出了医院，便即坐车前往。不多一会儿，车在徐家大门口停下，仲林付了车资，便伸手敲门。有个老妈子出来开门，她向仲林上下打量了一会儿，低低地问道：

　　"请问你这位先生找哪一家呀？"

　　"这儿的少奶奶在家吗？"

　　"你贵姓？哪儿来的？找我家少奶奶有些什么事情？"

　　"我叫孔仲林，和你家少爷是同学。"

　　"哦！哦！你就是孔少爷吗？从前你也常来我们家玩的，想不到一忽儿已经五年了，快请里面来坐吧！孔少爷，你苍老得多了，记得你从前雪白的脸，像个小孩子似的。唉！可怜我家少爷已经死了，老爷也死了，这些你全都知道吗？"

　　从大门到会客厅，有一条长长的甬道，所以老妈子一路伴仲林进去，一路便絮絮地告诉着说。仲林点点头，有些凄凉的口吻，说道：

　　"我知道，你家少爷是死得悲壮而伤心的。我想起来了，你就是王妈对么？"

　　"是的，孔少爷，你请坐，用一杯茶吧！这几天老太太又病得很厉害，所以我们少奶奶一直没有离开过老太太的病榻，我进去给你报告少奶奶吧！"

　　王妈给他倒上了杯茶之后，便向内房里走了。这里仲林一个人坐在客厅内，望着四周的陈设，还是和五年前一样，但此刻在

178

他心中感觉着，似乎总包含了一些凄惨的成分，于是想到了亡友，忍不住深长地叹了一口气。不多一会儿，只听一阵细碎的步履声响到耳际，抬头见曾静已从里面走出来。她伸手先开亮了客厅里的电灯，仲林在灯光之下，这就瞧到曾静淡白的粉颊上还沾了丝丝泪痕，一时惊讶地站起身子，先急急开口问道：

"曾静，怎么啦？伯母的病体可曾好些了吗？"

"恐怕……很有点儿危险吧！仲林，你刚到吗？"

"是的，我先到医院里去找你，他们说你有三天没去了，所以我就上这儿来了。伯母生的是什么病症？大夫瞧过了没有？"

"婆婆本是上了年纪的人，自从克俭死后，她就一直没有快快乐乐地过日子。后来爷爷又脱离了世间，所以她更加受了打击，这一年来，大夫就没有间断过地给她诊治。但她一会儿好了，一会儿又病了，这样直拖到现在。上星期你我碰见的时候，她老人家已经有些不舒服了，谁知这一星期日子中，她病势转剧，医生都说……不中用了。"

曾静低低地告诉他，说到后面，喉间有些哽咽住了，眼泪忍不住已滚滚地落了下来。仲林搓搓手，也不觉有些黯然，遂说道：

"让我进去向她老人家请个安吧！"

"婆婆刚才听说你来了，她也想见见你哩！"

仲林于是跟了曾静走到上房，里面也已亮了一盏电灯，因为灯泡支光很小的缘故，所以越发显得房内一切都呈现了惨淡的样子。曾静先走到床边，低低地叫道：

"婆婆，孔先生来望你了。"

179

"伯母，你好一些吗？"

仲林跟着也到床边，弯了腰肢，小心地问她。徐太太呆呆地望着仲林，叫了一声孔少爷，不知为什么她却伤心地掉落眼泪来了。仲林知道她也许是瞧到了自己而因此想起了她儿子的缘故，遂也难过地愕住了一会儿，方才劝慰她说道：

"伯母，你不要难过，一个人小病小痛是难免的，我劝你还是静静地休养要紧。"

"孔少爷，我的病恐怕是不会再好的了，虽然，在这种环境里做人原也没有什么滋味，倒还不如早些死了干净。但……我死了之后，剩下静儿一个苦命的女孩子……她……不是更加孤单得可怜了吗？"

徐太太气喘喘地回答，她忍不住抽抽噎噎地哭起来。但上了年纪的人，她的眼泪早已干了，所以不但哭不出什么眼泪，连声音都也哭不大出来了。曾静听了这话，心头好像刀割一样，满颊也早已沾了泪水。仲林自然也有些悲酸，红了眼皮，说道：

"伯母，你不要说这些伤心的话，你的病会好起来的。"

"唉！我这病也不希望好了，可怜我们这一家人就都被鬼子害了。孔少爷，你是克俭的好朋友，你……你以后……终要好好地照顾我们静儿才好。"

"婆婆，孔先生……他……是一个民族英雄，我……早晚要跟着他去跟鬼子拼命，给我的克俭报仇！"

曾静恐怕婆婆心中有所猜疑，遂向她含了眼泪告诉，表明她将来悲壮的行动。徐太太听了，立刻显出敬仰的态度，说道：

"孔少爷，你……莫非就是义……勇军吗？"

"婆婆，是的，他就是我们东北同胞的救星。"

"好极了，孔少爷，我……希望你们胜利！"

徐太太似乎话说得多了，有些上气不接下气怪吃力的样子。就在这时候，王妈悄悄地进来，问道：

"少奶奶，晚饭已经好了，请孔少爷到客厅里去用晚饭吧！"

"静儿，你陪伴孔少爷用晚饭去，给我静静地休息一会儿。"

"婆婆，你要喝些稀粥润润喉咙吗？"

"我不想喝，你们去吃饭吧！"

徐太太摇摇头，她的眼皮却慢慢地合上来。曾静于是给她放下了帐子，就陪了仲林走到客厅里来。桌子上已放了四菜一汤，王妈盛了饭。曾静想到仲林是喝酒的，遂向王妈说道：

"你慢慢盛饭，先拿酒来吧！"

"不用去拿，今天我不喝酒，就吃饭好了。"

仲林阻拦着回答。曾静知道他是为了忧愁她婆婆病的缘故，遂也不和他客气了。两人吃饭的时候，仲林望了曾静一眼，说道：

"你婆婆的病这样厉害，我想你一时之间也不能离开她。所以我的意思，你暂时当然不能跟我上前线去，反正过几天，我再来望你吧！"

"你预备一个人先回去吗？"

"因为我离开他们已经近十天了，我心里有些记挂他们，所以我连夜就要回去的。"

曾静听他这样回答，心里一阵悲酸，眼泪又扑簌簌地滚下来了。仲林皱了眉毛，不了解地问道：

"你为什么伤心呢?"

"我……想留你在这儿住两天,可是,我又不好意思说出口来。"

"你留我住两天也没有什么用处,我不是医生,我也没法能救治你婆婆的病。"

"我的意思,万一我婆婆有了三长两短,那么你也好帮我的忙,办一些后事。因为我一个女人家,实在有些害怕哩!"

"照理说,我和克俭是好朋友,他的母亲,就像我母亲一样,我也原该照顾她。但是,我此刻一颗心已经飞到众兄弟那儿去了,我简直恨不得马上就到了阵地。"

仲林表示爱国心切,终觉得有些为难的样子。曾静这就无话可说,含了眼泪,叹了一口气,心中暗想:我们究竟不是过去的情分了,否则,我这些要求,他如何会不答应呢?于是只吃了半碗饭,就不能再咽下去了,似乎感到有些胸痛。仲林见她放下筷子,手按摸着胸口,于是低低问道:

"怎么?你有些不舒服吗?"

"近来我犯了胃病,所以时常胸口有些作痛,这半碗吃不下了。仲林,我们好在是知交,请你别见怪吧!"

"既然胸口有些作痛,那么当然这半碗饭不要再吃下去了。叫王妈弄杯热开水来喝吧!"

仲林说着话,王妈齐巧拿了铜吊子来充开水,于是便叫王妈倒杯开水给曾静。曾静坐到沙发上去,却偷偷地落眼泪。王妈问道:

"少奶奶,孔少爷今夜睡在书房里是不是?我刚才已把他床

182

铺弄舒齐了。"

"不！孔少爷他要回去的。"

"孔少爷，你……你……要回去吗？我……想老太太病得这么危险，少奶奶又犯了胃痛，你……想着我们少爷过去的情分上，你也该在这儿住两天照顾照顾才对呀！怎么就急急地走了呢？"

王妈在徐家因为是多年老仆妇了，所以她心直口快地就向仲林说了这两句话。仲林倒是被她问住了，因此呆呆地木然了一会儿，倒是曾静说道：

"王妈，你不知道的，孔少爷有公务在身上呢！"

"我……想……今夜我……就宿在这儿吧！"

仲林到底被一阵浓厚的情感所激动了，他于是管不得许多地回答了这一句话。这在曾静心中倒出乎意料之外，秋波脉脉含情地显出又惊又喜的目光，望着仲林，微笑着道：

"你今夜不走了？"

"嗯！"

"王妈，你把我房中那一床干净的被，铺到书房里去吧！"

曾静好像已忘记了胸口疼痛的样子，向王妈很喜悦地吩咐。王妈答应了一声，便匆匆到曾静卧房去了。仲林见曾静这样对待自己，终觉得她多少还包含了一些痴意的成分，一时心里说不出是什么滋味，忍不住又深深地叹了一口气。曾静由沙发上站起，见仲林碗内已没有了饭粒，遂伸手过去说道：

"我给你再添一碗吧！"

"不！我饱了。"

"你才吃一碗饭哩，怎么说饱了？回头要饿的呢！"

"我心里也觉得有些闷，还是少吃些好。"

"你是为了我家的不幸而难受吗？"

仲林虽然是被她猜到心眼里去，但他却摇摇头，并不作答，放下了碗筷，站起身子，坐到沙发上去。曾静他倒了一杯茶，仲林关心地问道：

"你胸口痛好些了吗？"

"好了，不痛什么了。仲林，我还没问你，你这次上北平去，事情办得怎么样呢？"

"总算完成了我的使命，这次全靠各界的赞助，倒也募了不少款子。我已托付内兄办理购买枪弹的事情，大概下个月就可以运到东北的。"

两人谈了一会儿，曾静便到上房来服侍徐太太。仲林也来坐了一会儿，因为徐太太此刻有些昏迷的样子，仲林于是不敢惊动，就道了晚安，到书房里来休息了。

这夜仲林睡在被窝内，鼻子里闻到有阵细细的幽香，一时心里不免荡漾了一下。暗暗想道：这被莫非是曾静平日所盖的吗？否则，何以还有一股香味呢？仲林这时候也有些想入非非起来，紧紧抱住了被，自言自语地说道：

"曾静，今生我们是再没有同衾共枕的日子了，今天我能亲着你盖过的被，这总算还是我一些缘分吧！"

仲林念完了这两句话，一时想到自己和曾静过去的情爱，真所谓是千般恩情，万种缠绵，虽然没有订过什么嫁娶的婚约，但彼此心心相印，大家终认为将来是不会分离的一对小夫妻了。谁知道愿与事违，造物弄人，我们竟会弄到现在你嫁我婚、各自东西的局面。唉！这不是天意不愿我们结成一对吗？仲林左思右想地忖了一会儿，也由不得落下几滴英雄泪来。他虽然是九点钟睡到床上的，可是直到室内的钟已敲了十二下，他却还没有合眼。因为预备明天一早就要动身回阵地去，所以他闭了眼睛，竭力地想睡去。不料他才蒙眬地睡了一会儿，忽然听到一阵哀声直号的哭声，把他又惊醒过来。仲林猛可从床上坐起，揉揉眼皮，正在细聆哭声的来处，忽然房门外王妈的声音，急急地叫道：

"孔少爷，孔少爷，不好了，我们老太太咽气了。"

"啊！老太太……完了吗？"

仲林方知这哭声就是曾静发出来的，一时大吃了一惊，立刻披衣下床，三脚两步地奔到上房里来。只见曾静跪在床边，哭得非常悲切。仲林伸手一摸徐太太的额角，确已凉透了，这就有股子辛酸，直冲上鼻端，两行热泪，也沾湿了他整个的面颊了。王妈在床边已化着纸钱路引等物，口里还念了几声阿弥陀佛。仲林让曾静哭过了一会儿之后，便拉了拉她身子，低低地说道：

"曾静，人死不能复生，哭亦无益，还是料理老太太的后事要紧。"

"这可要辛苦你了，索性给我帮完了忙，我跟你一块儿去吧！"

曾静站起身子，拭了拭眼泪，向仲林央求地说。仲林当然是答应下来，竭力地尽了互助的义务。不多几天，仲林、曾静已把徐太太择地安葬完毕。曾静这日对仲林说道：

"仲林，现在我真的成个孤苦无依的人了，娘家都死完了，夫家也都死完了，我还有什么牵挂呢？我想把克俭所有的产业，悉数捐给义勇军去赎买军械，从此我加入义勇军跟鬼子血斗去！你说好不好？"

"那还有什么不好的道理呢？曾静，你真是一个伟大的女性！"

"谈不上什么伟大两个字，我只希望能够亲手杀死几个鬼子兵，我这一生就很满足的了。"

曾静见他紧紧地握了自己的手，很敬佩地说。一时听了，反觉无限悲哀，她含了沉痛的眼泪，咬牙切齿地回答。当下两人商量已定，曾静遂把这意思向王妈说了，并叫她暂时看管着家里，假使有人拿了孔先生的信札到来，你就一切由他办理是了。一面又赏了王妈许多的东西和钞票，王妈自然连声答应。这里由仲林写了一封快信给北平《新生日报》蒋大为，说请他到沈阳来办理这件出卖徐家房产田地的事情，所得款子，请他再到天津去购买枪弹来接济东北义勇军等话。一切办理舒齐之后，曾静跟了仲林便连夜地赶回凤凰山的队部来了。

张有义等一见仲林回来，大家都欣喜万分。仲林指了指曾静，向有义笑嘻嘻地说道：

"张参谋，你还认识这位小姐吗？"

"这位……啊！什么？你……你是曾静小姐吗？你……没有死吗？"

"是的，我还活着哪！但是，这五年来的日子我是活得太痛苦一些罢了！"

曾静见他惊喜万状的样子，还走上来紧紧握着自己的手，兴奋得大声地说，于是含了痛苦的微笑，却沉痛地回答。有义忙又问她一向在哪里过活？曾静说道：

"这事情真是一言难尽，好在仲林他完全明白了，将来他慢慢自会告诉你的。现在你们先谈谈正经的事情吧！"

"不错，报告旅长，自你走后，我们和鬼子兵又发生了五六次战争，大都是小接触，没有什么损伤！请旅长放心。"

有义听曾静这样说，遂点头称是，立刻向仲林立正，显出一本正经的神情，向他急急地报告。仲林和他握了一阵手，连连说了两声"辛苦辛苦"。他接着便把自己这次到北平去的使命完成的经过情形，也向有义约略告诉了一遍。有义哈哈地笑了一阵，说道：

"他妈的！咱们有了枪弹之后，还怕什么？管叫那些鬼子兵一个一个地都送了命。"

"张大哥，我跟着你一块儿杀鬼子去！"

"好啊！我们有了你这位女将军加入杀敌，这不是更有意思了吗？不过，你会不会开枪呢？"

"我马上跟着张大哥学起来，我相信我一定能学会开枪，我一定会杀鬼子的。"

曾静非常坚决的态度，恳切地说。有义点头说好的，我一定天天地教练你。正在这时，外报孔大将军到来了。仲林知道这是哥哥的绰号，因为他生得高高的个子，魁梧的身材，气力又十分的大，所以弟兄们都称他为大将军。当下连声说请，不多一会儿，伯坚昂然而入，一见仲林，便哈哈笑道：

"巧极了，巧极了，二弟回来了吗？事情办得怎么样？"

"事情办得非常顺利，枪弹大约要半个月之后才可以运到。大哥，你这位恩公还认得吗？"

仲林一面回答，一面指了指曾静，笑嘻嘻地说。伯坚听了，睁大了眼睛，向曾静呆呆地望了一会儿。因为这已经是五年前的事情了，所以粗心的伯坚他却再也想不起来了。倒是曾静先开口笑着叫道：

"孔大哥，你忘了吗？我就是曾国雄的女儿曾静呀！"

"哦！哦！哦！你就是曾静小姐吗？对了，我这人真太糊涂，竟把救命的恩公都忘记了，那不是该死吗？恩公不要生气，待小子向你一拜。"

伯坚被她这么一提，方才想了起来，立刻显出诚惶诚恐的样子，要向曾静跪拜下去。这一来倒把曾静吓了一跳，连忙躲到仲林背后，还不迭地把手乱摇。仲林也忙阻拦了伯坚跪下去，笑道：

"大哥，我们青年人，不必来这么一套虚伪的表示，你不要这样客气吧！我告诉你，曾小姐现在是我们同志了，她而且把所有田地房产全部捐给我们义勇军了。所以她不但是你大哥一个人的恩人，而且还是咱们众弟兄的恩人哩！"

"这么说来，我得代表咱们众弟兄向曾小姐敬礼！"

伯坚虽没有跪下去，但他马上立正，以手加额，向她行了一个敬礼。曾静连忙也还了一个敬礼，她此刻已忘记了一切的悲伤和痛苦，她觉得自己已步入了新生命的阶段，因此粉颊上那个倾人的笑涡也就没有平复的时候了。伯坚虽然粗心，但此刻他倒又细心起来，忽然问道：

"曾小姐，我又记起了一个人，你们在一块儿的不是还有一个徐克俭先生吗？他的爸爸虽然无耻，不过他本身倒也是一个挺好的青年，不知道他现在到哪儿去了？"

曾静想不到他忽然会提到了徐克俭，一时悲痛十分，立刻铁青了粉颊，倒竖了柳眉，咬着银齿，恨恨地说道：

"他……他被鬼子兵谋害了！所以……我……要给他报仇！"

"大哥，你不知道，曾小姐和徐先生他们已结了婚，婚后的日子，他们都非常的有勇气，居然和另一支义勇军合作效劳，打听鬼子的军情，给弟兄们知道，所以他们早就做了我们同志。但有一天徐先生为了救一个义勇军的性命，他自己反而遭到鬼子兵的残害了。"

仲林为了使他们明白起见，遂把这些事向大家约略告诉了。伯坚、有义"哦"了一声，方才恍然有悟，遂一面感叹着连说可惜，一面又向曾静劝慰了一会儿。接着大家商量了一会儿军事上的问题，方才各道晚安，归营安息。从此以后，曾静天天学习开枪打靶，悉心研究之下，不到一月工夫，居然也大有进步了。这天仲林接到蒋大为的来信，说第一批军火已经派人送上。至于徐公馆一切产业变卖之事，亦已动身前去接办。此笔款子，当购买第二批军火，陆续再行奉上。仲林接读此信，大为兴奋，立刻授予曾静和有义等观看。大家一听军火将要运到，这好比是马上要得到生命泉源一般快乐，所以众兄弟个个摩拳擦掌，预备军火一到，便立刻可以痛痛快快地大杀鬼子了。

不多几天，军火果然运到。他们把军火都放在棺材里，然后由押运之人打扮成孝子模样运来。这办法果真很好，半路上并没有受到鬼子的检查。可怜东北义勇军的用心，真也良苦的了。

这是一个秋风凄厉的晚上，天空中没有月亮，只有无数的小星在向人闪眼。关外的天气，变化无穷，一转寒冷，便马上就会像要落雪的样子。这时候营帐外狂风大作，仿佛狮吼虎啸的，令人感到有些毛发悚然。仲林和曾静站在营帐外面，见远处尘土滚滚，像波浪似的卷了过来，且闻有犬吠之声，不绝于耳，一时颇为怀疑，遂向曾静说道：

"你听这是狗叫的声音，鬼子惯会利用狗来侦察我们的营地。照此看来，恐怕敌人已在偷袭我们的阵地了。"

"你的猜想很对，我们应该快快有所准备吧！"

"是的。"

仲林刚说了"是的"两个字，忽见探子急急奔来，慌慌张张地报告，说前方已发现无数的黑影。而且狗叫之声，十分嘈杂，恐怕鬼子进攻，请旅长速速定夺。这时有义、曹团长、沈营长等也都来了，都说敌人在进攻我们了。仲林遂急忙传令，不上三分钟时间，弟兄们早已由山缝里山岙间奔窜而出，鸦雀无声地排齐了队伍。在寒星的光芒之下，仲林见他们身上个个都挂了手榴弹，握着了枪尖儿，被星光已映得雪亮。于是对他们大声地说道：

"弟兄们，我们东北沦亡了五年多的日子，大好河山，被敌人已蹂躏得破残不堪了。咱们亲爱的同胞们，也快要被鬼子杀干净了。今天是我们报仇的好机会，我们要救东北，我们要救中国，我们只有拿出全身的热血，来跟敌人拼命苦斗吧！"

"杀！杀！杀！"

众弟兄的喊声，充满了雄壮的成分。

"好！你们都是好男儿，谁带领五百个弟兄先去冲锋？"

"我去！"

"我去！"

随了仲林的话，曹团长、王营长、冯连长、沈营长等大家都抢着答应要去。最后由仲林指派沈营长带领五百弟兄去作为敢死队，曾静奋然说道：

"我跟沈营长一同去冲锋，希望孔将军答应我。"

"你……你……并非久战沙场，冲锋不是你的任务，我回头派你另有要职。"

仲林有些感情用事地劝阻她，因为他认为曾静去冲锋，无非是徒然的流血。这里沈营长带领五百弟兄早已急急奔到前方去了，曾静眼瞧着他们去远了，心里很是怨恨，遂向仲林又急急地说道：

"我的血已在全身沸滚了，将军快快另派要职给我，虽马革裹尸，万死不辞。"

"瞧这儿山坡上面有两挺重机关枪，这是我们的咽喉，绝不能放弃。现在我派你去扼守，这是你杀敌最好的机会了。"

"好！谢谢孔将军，我一定不负你的热望。"

"张参谋、王营长前去协助把守，以防万一。"

有义和王营长答应了一声"是"，他们便同曾静匆匆地奔上山坡去了。山坡上植有松柏数株，两挺重机关枪就深藏在树丫枝里面。曾静跪在地上，一手把握了机关枪钮，一手拿着望远镜，向前留神地照望。她只觉得那颗心是跳跃得快速，两颊热辣辣地升上了火，眼睛里差不多已冒出了绿色的光芒了。就在这时，忽听前面已有枪声了，接着轰隆隆地一声霹雳，敌人连大炮都开始放射了。

沈营长带领了五百名敢死队员，仿佛潮水一般地涌杀过去。他们的手榴弹一个一个地向前猛掷，敌人掩护的坦克车部队都纷纷炸裂了。这时夜风越刮越紧，杀声越喊越响。烟雾和灰沙弥漫了天空的星光，只有猛烈的火焰，把天空烧得血红。两军渐渐地接触了，炮声已停止了，枪声也没有了。只有火光中乱窜着黑影子，你要我的命，我要你的死，你把枪尖戳穿我的胸部，我的刺刀刺进你的喉管，这一幕人类大屠杀便在恐怖的黑夜中展开了。

敌人大批的坦克车部队随后又像猛兽一般冲过来，弟兄们的手榴弹已甩完了，他们连身子也一同跳了上去，于是沈营长和五百弟兄已壮烈地牺牲了，血水在黄沙上已染成了一片鲜红。

曾静在山坡上望到敌人已渐渐地逼近过来了，她心中又急又愤地忍耐着，忍耐着，直到有义一声令下，于是她两手扶住枪头，只听一阵嗒嗒嗒嗒的声响，那枪弹便像联珠似的向前扫射出去。只见敌人上来一排，倒下一排，上来一队，倒下一队。曾静今日才尝到亲手杀敌的滋味了，她兴奋得发狂般地大笑起来，连声叫道：

"来吧！来吧！鬼子们，我统统送你们的狗命。"

正在这时候，忽然听得喊声又是狂响。原来仲林亲自率领弟兄们也向前冲锋过去了。曾静这就更加兴奋，全身每个细胞里都膨胀了热血，她把握机关枪的两手也就越发地生出气力来了。

曾静咬着银齿，杀得正高兴的时候，忽然哧的一声，有一颗流弹也不知从哪里飞来，射中在她的左臂上。一时只觉痛入骨髓，由不得呀了一声。站在旁边指挥的有义，一见她左臂上鲜血直流，知道她中了弹伤，遂急急把她拉开，说道：

"曾静，你快退后休息吧！我来，我来！"

曾静被他拉倒在地，一时也只好由他，遂把衣服用牙齿撕破，扯下一条子来，紧紧地扎了伤处。谁知这时嘘溜溜地一阵风声，另一挺机关枪旁的王营长，竟中了数颗枪弹，倒下地去。曾静见他满胸口都涌冒着鲜血，但还想跃身跳起，再去把握机关枪，向敌人扫射。但到底不能支撑，身子又倒了下去。曾静知道他为国尽了忠了，遂也顾不得左臂已受枪伤，连忙爬到另一挺机关枪旁去，用了她没有受伤的一条右臂，继续地向敌人"嗒嗒嗒嗒"地猛烈扫射不止。

这时忽然见敌人阵脚大乱，仲林等率领弟兄们奋勇冲杀，势如出洞猛虎一样。原来孔大将军在长白山闻听消息，便带领义勇军向敌人后面抄袭过来。所以鬼子前后受敌，退不能退，进不能进，在这情形之下，鬼子兵便全部被咱们军队歼灭尽绝。

这一仗恶战，真是杀得血流成河，尸骨堆山，草木凄悲，天地为愁。仲林不幸也受了微伤，躺在后方医院里休养。他已听到有义的报告，说鬼子兵一千二百名杀得一个不留，犬养大队长也已战死在乱军之中。夺获敌方大炮十二尊，步枪八百五十支。坦克车三十四辆，其中二十辆均已损坏。但我军弟兄们也死伤惨重，约在七八百名左右。仲林听了报告，又安慰又悲伤，悲伤的是弟兄们死伤得这样多，安慰的是鬼子已全部歼灭。正在含泪微笑的时候，忽见伯坚大哥拿了一封电报进来了，向仲林笑嘻嘻地说道：

"二弟，弟媳妇有信来了，她大概是来给你一些甜蜜的安慰吧！"

仲林一听安琪有电报到来，遂急急坐起身子，把电报接过，拆开信封，抽出信笺，细细地瞧道：

仲林良人如晤：

光阴真快，那天分手以来，转眼又有一个多月了。我在这里敬祝你身体健康，多杀鬼子，给我们同胞报仇！

记得分别前的夜里，我问你孩子养下后取什么名字？你说若是男孩子取名小仲，若女孩子则取名小琪。我记在心里，不敢有违。谁知你走后第五天的晚上，我忽然腹痛腰酸，竟真的到了分娩时候了。那时我心里又惊又喜，喜的是我真要做妈妈了。但惊的是我有些害怕，因为养孩子不是很危险吗？况且知心人又没在身旁，那我是多么地不安呢！这真是一件出乎意料之外的事情，我竟生下了一对双胞胎。一男一女，都是白白胖胖，十分的可爱。仲哥，想不到你取下的两个名字，都可以用得着了。男的是小仲，女的是小琪，哈哈！你瞧到这里，不是也会拉开嘴笑起来了吗？不过这次生产，我是受了不少的痛苦。一则因为我是头一回养孩子。再则，小天使来了两个，那么产妇总免不了受些痛苦。只是现在瞧到了这两个白胖可爱的孩子，我的痛苦早已被甜蜜赶跑了。我的本意，原不预备雇用奶娘。但两个孩子一下地，我的奶水就不够分配，因此只好雇了一个奶娘。不过孩子的饮食起居，我还亲自照顾，所以这一点请你只管放心。

还有一件事，我要报告你，刻由哥哥回家来说，第二批军火亦已经由蒋先生购定舒齐，不久亦可运往东北。届时蒋先生会写信告诉，请你派员小心前去接取。

我本来早要写信相告，奈产后体颇孱弱，今日是小孩满月之期，才略有气力握管作书。

情长纸短，不尽欲言，唯望保重为要，是为至盼！
专此，即颂
钧安！

妾安琪裣衽

十月二十日清晨

仲林瞧完了这一封来信，由不得眉飞色舞哈哈地大笑起来，遂把信笺交给伯坚，十分得意地说道：

"大哥，你瞧，今后你也有侄子侄女儿了。有义兄，你也跟大哥一块瞧瞧吧！"

有义还不知是怎的一回事，遂连忙站到伯坚身后去，凑着头，两人一同把信笺瞧了一遍。一时也由不得含笑称贺，连说恭喜。不料就在这时，冯连长急急奔入，报告曾静伤势转剧，恐怕危在旦夕，请张参谋长速去设法相救。仲林一听这个报告，好像晴天中一个霹雳，顿时把心中的欢乐震惊得粉碎，由不得"啊"

了一声，也不顾自己身子有伤，一跃而起，急急跟了冯连长来到曾静睡的病房。原来曾静左臂受了弹伤之后，在第二次又把握机枪扫射敌人的时候，胸部竟也中了一弹。有义原本早已知道的，他因为仲林也受伤在身，所以不敢告诉他。但此刻被冯连长道破，因此和伯坚也只好急急跟到曾静病房来了。这时曾静的病床边站立了两个军医，他们都在摇头叹息，似乎在伤感曾静已到不能救治的样子。仲林急急分开众人，来到病床旁边，含泪叫声曾静。曾静的明眸向仲林淡然地逗了一瞥，点点头，表示招呼的意思。仲林见她脸色惨白，胸口上尚有血水汩汩流出，一时心痛若割，遂哽咽着说道：

"曾静，我害了你，我悔不该带你到战场上来。"

"不！仲林，你这话说错了，我……我……已报了大仇！我……杀了许多的敌人，一排排、一队队的鬼子在我机关枪弹子下倒下死了，我多么兴奋！我……我……已赚了不少的性命啊！我已拿回了本钱。我现在虽然死了，但我也没有什么可惜呀！"

曾静气喘喘地回答，她断断续续的口吻，显然是到了奄奄一息的时候了。仲林还有什么话可说呢，他的眼泪再也忍熬不住地流下来了。伯坚、有义、冯连长等一班弟兄们也觉得十分凄凉，低头叹息。曾静却勇敢地又说道：

"弟兄们，不要伤心！不要流泪！我们有流不完的铁血，杀不完的头颅！我们要有百折不挠的精神，与我们敌人奋斗到底！大家瞧吧！天已亮了！光明已降临我们的头上了。"

大家回头向窗外一望，果然见天空在黑暗中呈现了鱼肚白的颜色。但就在这时候，曾静一缕热血忠魂，也就永远脱离这个破碎的山河了。仲林等方欲挥泪举哀，忽听炮声又隆隆而起。只见外面探子急急进来报告，说敌人大批援军到来，又在猛烈进攻了。仲林觉得自己已经有着第二代了，他格外没有什么留恋了，遂急急奔出了后方医院，马上回到前线，与有义、伯坚等带领了众弟兄向敌人再度地冲杀了。正是：

冲锋肉搏恐落后，壮志杀敌不反顾！

附　　录

从鸳鸯蝴蝶派谈到冯玉奇小说

裴效维

《民国通俗小说典藏文库·冯玉奇卷》将收录冯玉奇的百余种小说作品，此举极其不易。现在，我愿以这篇文章给出版者呐喊助威。尽管我人微言轻，但我毕竟是一个中国文学的研究者，为鸳鸯蝴蝶派说些公道话是我的责任。

冯玉奇是一位鸳鸯蝴蝶派作家，因此我们要想了解冯玉奇，必须首先厘清有关鸳鸯蝴蝶派的一些问题。

一、何谓鸳鸯蝴蝶派

鸳鸯蝴蝶派作家平襟亚在《关于鸳鸯蝴蝶派》（署名宁远）一文中对鸳鸯蝴蝶派的来历说得很清楚：

> 鸳鸯蝴蝶派的名称是由群众起出来的，因为那些作品中常写爱情故事，离不开"卅六鸳鸯同命鸟，一双蝴

蝶可怜虫"的范围，因而公赠了这个佳名。

——载香港《大公报》1960 年 7 月 20 日

可见鸳鸯蝴蝶派并不是一个有组织有宗旨的小说流派，而是因为当时流行的言情小说多写一对对恋人或夫妻如同鸳鸯蝴蝶般相亲相爱，形影不离，因而民间用鸳鸯蝴蝶小说来比喻这种言情小说，那么这种言情小说的作家群当然也就是鸳鸯蝴蝶派了。这种说法应该是可信的，因为民间常用鸳鸯和蝴蝶来比喻恋人或夫妻，很多民间文学作品中不乏其例。这一比喻非常形象生动，但并无褒贬之意，因此不胫而走。

传到新文学家那里，便加以利用，并赋予贬义，作为贬低对手的武器。但新文学家对鸳鸯蝴蝶派的界定并不一致，大致有两种看法。

一种看法认同民间的比喻说法，即将鸳鸯蝴蝶派小说局限为通俗小说中的言情小说，将鸳鸯蝴蝶派局限为言情小说作家群。鲁迅是这种看法的代表，他在 1922 年所写的《所谓"国学"》一文中说："洋场上的文豪又作了几篇鸳鸯蝴蝶派体小说出版"，其内容无非是"'卿卿我我''蝴蝶鸳鸯'"（载《晨报副刊》1922年 10 月 4 日）。又于 1931 年 8 月 12 日在社会科学研究会做了《上海文艺之一瞥》的长篇演讲，其中对鸳鸯蝴蝶派小说更做了形象而精辟的概括：

这时新的才子＋佳人小说便又流行起来，但佳人已是良家女子了，和才子相悦相恋，分拆不开，柳阴花下，像一对蝴蝶、一双鸳鸯一样。

——连载于《文艺新闻》第 20、21 期

此外，周作人、钱玄同也持这种看法。周作人于 1918 年 4 月 19 日在北京大学文科研究所小说研究会做《日本近三十年小说之发达》的演讲中，就说现代中国小说"还有《玉梨魂》派的鸳鸯蝴蝶体"（载《新青年》第 5 卷第 1 号）。次年 2 月，周作人又发表《中国小说里的男女问题》（署名仲密）一文，认为"近时流行的《玉梨魂》，虽文章很是肉麻，（却）为鸳鸯蝴蝶派小说的鼻祖"（载《每周评论》第 5 卷第 7 号）。与周作人差不多同时，钱玄同在 1919 年 1 月 9 日所写的《"黑幕"书》一文中也说："人人皆知'黑幕'书为一种不正当之书籍，其实与'黑幕'同类之书籍正复不少，如《艳情尺牍》《香闺韵语》及'鸳鸯蝴蝶派小说'等等皆是。"（载《新青年》第 6 卷第 1 号）这种看法后来被人称之为"狭义的鸳鸯蝴蝶派"看法。

另一种看法却将鸳鸯蝴蝶派无限扩大，认为民国年间新文学派之外的所有通俗小说作家都是鸳鸯蝴蝶派，他们的所有通俗小说都是鸳鸯蝴蝶派小说。这种看法的代表人物是瞿秋白和茅盾。瞿秋白从小说的内容方面来扩大鸳鸯蝴蝶派小说的范围，他在《财神还是反财神》一文中说，"什么武侠，什么神怪，什么侦探，什么言情，什么历史，什么家庭"小说，都是鸳鸯蝴蝶派小说（见人民文学出版社 1953 年 10 月版《瞿秋白文集》）。茅盾则

从小说的形式方面来扩大鸳鸯蝴蝶派小说的范围，他在《自然主义与中国现代小说》一文中认定鸳鸯蝴蝶派小说包括"旧式章回体的长篇小说""不分章回的旧式小说""中西合璧的旧式小说""文言白话都有"的短篇小说（载1922年7月《小说月报》第13卷第7号）。这种看法后来被人称之为"广义的鸳鸯蝴蝶派"看法，而且逐渐成为主流看法，以致后来的文学研究者都接受了这种看法。

新文学家不仅在鸳鸯蝴蝶派的界定问题上分成了两派，而且在鸳鸯蝴蝶派的名称上也花样百出。如罗家伦因为徐枕亚等人好用四六句的文言写小说，便称其为"滥调四六派"（见署名志希的《今日中国之小说界》，载1919年《新潮》第1卷第1号），但无人响应。郑振铎因为《礼拜六》杂志为鸳鸯蝴蝶派的主要刊物之一，便称其为"礼拜六派"（见署名西谛的《新文学观的建设》一文，载1922年5月21日《文学旬刊》第38号）。这一说法得到了周作人、茅盾、瞿秋白、朱自清、阿英、冯至、楼适夷等人的响应，纷纷采用，以致使用频率越来越高，知名度越来越大，终于成为鸳鸯蝴蝶派的别称了。于是"鸳鸯蝴蝶派"和"礼拜六派"两个名称便被新文学家所滥用。如郑振铎在《新文学观的建设》一文中称"礼拜六派"，而在《〈文学论争集〉导言》一文中却称"鸳鸯蝴蝶派"（见上海良友图书公司1935年10月出版的《新文学大系·文学论争集》卷首）。还有人在同一篇文章里既称鸳鸯蝴蝶派，又称礼拜六派。如阿英在1932年所写的《上海事变与鸳鸯蝴蝶派文艺》一文中说：张恨水的所谓"国难小说"，与"礼拜六派的作品一样，是鸳鸯蝴蝶派的一体"，"充

分地说明了鸳鸯蝴蝶派的作家的本色而已"（见上海合众书店
1933 年 6 月出版的《现代中国文学论》）。

茅盾在 20 世纪 70 年代觉得统称鸳鸯蝴蝶派或礼拜六派都不
合适，于是提出了一个折中的看法，他在《紧张而复杂的生活、
学习与斗争（上）——回忆录（四）》中说：

> 我以为在"五四"以前，"鸳鸯蝴蝶派"这名称对
> 这一派人是适用的。……但在"五四"以后，这一派中
> 有不少人也来"赶潮流"了，他们不再老是某生某女，
> 而居然写家庭冲突，甚至写劳动人民的悲惨生活了，因
> 此，如果用他们那一派最老的刊物《礼拜六》来称呼他
> 们，较为合式。

——载 1979 年 8 月《新文学史料》第 4 辑

事实是该派在"五四"前后没有根本变化，都是既写言情小
说，又写其他小说，将其人为地腰斩为两段，既显得武断，又无
法掩盖当时的混乱看法。

这些混乱的看法导致后来的文学研究者无所适从：或沿用
"鸳鸯蝴蝶派"的说法（如北大本《中国文学史》和《中国小说
史稿》、复旦本《中国文学史》和《中国近代文学史稿》等）；
或沿用"礼拜六派"的说法（如山东师院本《中国现代文学史》
等）；或干脆别出心裁地称之为"鸳鸯蝴蝶—礼拜六派"（见汤哲
声《鸳鸯蝴蝶—礼拜六小说观念的价值取向及其评价》，载《苏

州大学学报》1992 年第 2 期）。这可真算是中国小说史上的一出有趣的滑稽戏了。

二、如何评价鸳鸯蝴蝶派

鸳鸯蝴蝶派的开山作品是 1900 年陈蝶仙的言情小说《泪珠缘》，因此鸳鸯蝴蝶派应该是指言情小说派，这也就是后来的所谓"狭义的鸳鸯蝴蝶派"，但被新文学家扩大为"广义的鸳鸯蝴蝶派"，实际上也就是民国通俗小说派。

鸳鸯蝴蝶派与同时期的"南社"不同，既没有组织，也没有纲领，而是一个在思想倾向和艺术风格上大体相同或相近的小说流派，连"鸳鸯蝴蝶派"这一招牌也是别人强加给它的。然而客观地说，鸳鸯蝴蝶派确实是一个产生过巨大影响的小说流派。在"五四"以前的近二十年间，它几乎独占了中国文坛；在"五四"以后的三十年间，虽然产生了新文学，但新文学只是表面上风光，而鸳鸯蝴蝶派却一派兴旺发达景象。我对"广义的鸳鸯蝴蝶派"做过不完全的统计：该派作家达数百人，较著名者有一百余人，所办刊物、小报和大报副刊仅在上海就有三百四十种，所著中长篇小说两千多种，至于短篇小说、笔记等更难以计数。在此前的中国文学史上，还没有哪个文学流派有过如此宏大的规模，产生过如此巨大的影响。

鸳鸯蝴蝶派由于规模宏大，又处在历史的一个巨变时期，其成员的确鱼龙混杂，其作品也良莠不齐，但总体来说，它形象地记录了中国二十世纪前五十年的历史，为中国读者提供了丰富的精神食粮，对中国小说的传承起过积极作用，因此应该给予充分的肯定。

鸳鸯蝴蝶派小说已经不是中国传统通俗小说的复制，而是一种改良的通俗小说。在形式方面，它既采用章回体，也采用非章回体，甚至采用了西洋小说的日记体、书信体等，至于侦探小说则更是完全模仿自西洋小说。在艺术手法方面，受西洋小说的影响非常明显，如增加了人物形象和景物描写，结构与叙事方式也趋于多样化，单线和复线结构并用，第三人称和第一人称叙述法兼施，还采用了倒叙法和补叙法。在内容方面，鸳鸯蝴蝶派小说已经扩大了描写范围，反映了当时社会生活的各个方面，甚至已经紧跟时事，及时反映当前的社会现实，被称为"时事小说"。如李涵秋的《广陵潮》描写辛亥革命，而他的《战地莺花录》则描写五四运动，这种及时反映当时发生的重大政治事件的小说，与多写历史故事的古代小说完全不同，显然是一大进步。鸳鸯蝴蝶派的言情小说，也不同于古代的才子佳人小说，而是一种新才子佳人小说。古代的才子佳人小说因面对森严的封建礼教，只能写才子与佳人偶尔一见钟情，以眉目传情或诗书传情的方式进行交流，最后皆是有情人终成眷属的大团圆结局。而这种大团圆结局完全是人为的：或出于巧合，或由于才子金榜题名，皇帝御赐完婚，这就完全回避了封建包办婚姻的问题。而民国年间的封建礼教已经在一定程度上松绑，尤其像上海、北京等大城市得风气之先，恋爱自由和婚姻自主思想已经渐入人心。因此有些鸳鸯蝴蝶派的言情小说也突破了古代才子佳人小说的窠臼，才子佳人已经敢于"相悦相恋，分拆不开，柳阴花下，像一对蝴蝶、一双鸳鸯一样"。其结局也不再全是有情人终成眷属的大团圆，而是"有时因为严亲，或者因为薄命，也竟至于偶见悲剧的结局……这实在不能不说是一个大进步"（鲁迅《上海文艺之一瞥》，连载于1931年7月27日、8月3日《文艺新闻》第20、21期）。言情小说由大团圆结局到悲剧结局的确是一个大进步，因为前者是回避封建包办婚姻礼制，而后者是控诉封建包办婚姻礼制。而这一进步的开创者是曹雪芹和高鹗，他们在《红楼梦》里所写的婚姻差不多都是悲剧。因此胡适称赞《红楼梦》不仅把一个个人物"都写作悲剧的下场"，而且最后"作一个大悲剧的结束，打破了中国小说的团圆迷信"（《〈红楼梦〉考证》，见1923年亚东图书馆版《胡适文存》）。可见鸳鸯蝴蝶派的言情小说在一定程度上继承了《红楼梦》开创的爱情婚姻悲剧模式，因而具有相当的反封建意义。我们可以徐枕亚的《玉梨魂》为例加以说明，因为该小说被新文学家指为鸳鸯蝴蝶派的代表性作品。

《玉梨魂》的故事很简单——清末宣统年间，小学教员何梦霞与年轻寡妇白梨影相爱，但两人均认为他们的这种行为是不道德的。为了得到感情的解脱，白梨影想出个"移花接木"的办法，即撮合何梦霞与自己的小姑崔筠倩订了婚。然而何梦霞既不能移情于崔筠倩，白梨影也无法忘情于何梦霞，结果造成了一连串的悲剧——白梨影在爱情与道德的激烈冲突下郁郁而死；崔筠倩因得不到何梦霞之爱而离开了人世；白梨影的公公因感伤女儿、儿媳之死而一病身亡；白梨影的十岁儿子鹏郎成了孤儿。何梦霞为排遣苦闷，先赴日本留学，继又回国参加了辛亥武昌起义（即辛亥革命），壮烈牺牲。

《玉梨魂》不仅描写了一个爱情婚姻悲剧，而且不同于一般的爱情婚姻悲剧。一般的爱情婚姻悲剧都是由封建势力造成的，即由包办婚姻造成的；而《玉梨魂》所写的爱情婚姻悲剧，其原因却是何梦霞和白梨影自身的封建道德。他们既渴望获得恋爱自由和婚姻自主的权利，又不能摆脱封建道德和封建礼教的束缚，两者激烈冲突，造成三死一孤的惨剧。从而揭露了封建道德和封建礼教的影响力是多么巨大，它已深入人们的骨髓，使其不能自拔。因此，它的反封建意义比一般的爱情婚姻悲剧更为深刻。

其实，新文学阵营也不是铁板一块，虽然大多数新文学家对鸳鸯蝴蝶派全盘否定，但也有少数新文学家态度比较客观，他们对鸳鸯蝴蝶派也给予一定的肯定。鲁迅是其中最突出的一位，他不仅认为某些鸳鸯蝴蝶派的悲剧言情小说是"一大进步"，而且不同意某些新文学家对鸳鸯蝴蝶派消极影响的夸大其词。他说：

至于说他流毒中国的青年，那似乎是过虑。倘有人能为这类小说所害，则即使没有这类东西也还是废物，无从挽救的。与社会，尤其不相干，气类相同的鼓词和唱本，国内非常多，品格也相像，所以这些作品也再不能"火上添油"，使中国人堕落得更厉害了。

——《关于〈小说世界〉》，载《晨报副刊》
1923 年 1 月 15 日

这种客观的观点与前述周作人无限夸大鸳鸯蝴蝶派作品能使国民生活陷入"完全动物的状态"乃至"非动物的状态"的观点形成了鲜明对比。当抗日战争爆发后，鲁迅更提倡文学界的抗日统一战线，主张团结鸳鸯蝴蝶派一起抗日。他说：

> 我以为文艺家在抗日问题上的联合是无条件的，只要他不是汉奸，愿意或赞成抗日，则不论叫哥哥妹妹，之乎者也，或鸳鸯蝴蝶都无妨。但在文学问题上我们仍可以互相批判。

> ——《答徐懋庸并关于抗日统一战线问题》，
> 载《作家》月刊第 1 卷第 5 期

鲁迅不仅提倡团结鸳鸯蝴蝶派一起抗日，而且主张新文学派与鸳鸯蝴蝶派在文学问题上"互相批判"，这种平等对待鸳鸯蝴蝶派的度量，也与那些视鸳鸯蝴蝶派如寇仇，必欲置诸死地而后快的新文学家形成了鲜明对比。

对鸳鸯蝴蝶派给予肯定的不只鲁迅，还有朱自清和茅盾。朱自清认为供人娱乐是中国传统小说的特点，因此不赞成将"消遣"作为罪状来批判鸳鸯蝴蝶派小说。他说：

> 在中国文学的传统里，小说……更是小道中的小道，就因为是消遣的，不严肃。不严肃也就是不正经，小说通常称为"闲书"，不是正经书。……鸳鸯蝴蝶

的小说意在供人们茶余酒后的消遣，倒是中国小说的正宗。

——《论严肃》，载《中国作家》创刊号

茅盾也承认鸳鸯蝴蝶派小说也"写家庭冲突，甚至写劳动人民的悲惨生活"。他还从艺术性方面对鸳鸯蝴蝶派小说给予一定肯定。他认为鸳鸯蝴蝶派的有些长篇小说"采用西洋小说的布局法"，如倒叙法、补叙法，以及人物出场免去套语、故事叙述"戛然收住"等等，这一切是对"旧章回体小说布局法的革命"。还认为鸳鸯蝴蝶派的有些短篇小说学习了西洋短篇小说"截取一段人生来描写，而人生的全体因之以见"的方法："叙述一段人事，可以无头无尾；出场一个人物，可以不细叙家世；书中人物可以只有一人；书中情节可以简至只是一段回忆。……能够学到这一层的，比起一头死钻在旧章回体小说的圈子里的人，自然要高出几倍。"（《自然主义与中国现代小说》，载1922年7月10日《小说月报》第13卷第7号）

鲁迅、朱自清、茅盾毕竟属于新文学派，因此他们对鸳鸯蝴蝶派的肯定是有限的。我们应该摆脱成见与束缚，从中国文学史的角度，对鸳鸯蝴蝶派做出客观公正的评价。

三、如何看待冯玉奇的小说

我们澄清了以上有关鸳鸯蝴蝶派的三个问题，等于为介绍冯玉奇的小说提供了一个坐标，也等于为读者提供了一把参照标尺。读者用这把标尺，就可自行评判冯玉奇的小说了。

冯玉奇于 1918 年左右生于浙江慈溪，笔名左明生、海上先觉楼、先觉楼，曾署名慈水冯玉奇、四明冯玉奇、海上冯玉奇。据说他毕业于浙江大学（一说复旦大学）。1937 年九一八事变后寄居上海，感山河破碎，国事蜩螗，开始写作小说以抒怀。其处女作为《解语花》，由上海春明书店出版。出版后旋即由东方书场改编为同名话剧，演出后轰动一时。那时他才十九岁。由此一发而不可收，至 1949 年 7 月《花落谁家》出版，在短短十来年时间里，他创作的小说竟达一百九十多种，平均每年近二十种，总篇幅应该不少于三千万字，只能用"神速"来形容。这时他只有三十一岁。近现代文学史料专家魏绍昌先生（已去世）所编《鸳鸯蝴蝶派研究资料（史料部分）》（上海文艺出版社 1962 年 10 月出版）开列的《冯玉奇作品》目录只有一百七十二种，也有遗珠之憾。不过我们从这一目录中仍可确定冯玉奇是一位以写言情小说为主的通俗小说作家，因为在一百七十二种小说中，言情小说占有一百二十二种，其他小说只有五十种：社会小说三十四种、武侠小说十四种、侦探小说两种。

冯玉奇不仅是一位写作神速且极为多产的通俗小说作家，还是一位热心的剧作家和剧务工作者。早在他二十六岁（1944 年）时，就担任了越剧名伶袁雪芬的雪声剧团的剧务，并为之创作了《雁南归》《红粉金戈》《太平天国》《有情人》《孝女复仇》五大剧本，演出效果全都甚佳。在他二十七到二十八岁（1945～1946）时，又与他人合作，前后为全香剧团和天红剧团编导了

《小妹妹》《遗产恨》《飘零泪》《义薄云天》《流亡曲》等二十多个剧本，演出效果同样甚佳。可见冯玉奇至少写过十几个剧本。

冯玉奇一生所写的小说和剧本总计不下两百五十种，总篇幅可能达到四千万字以上，是名副其实的"著作等身"，是当之无愧的中国最多产的作家，号称多产的同派小说家张恨水也难望其项背。当时的文学作品已是一种特殊商品，冯玉奇的小说如此畅销，其剧本演出又如此轰动，这足可以证明其受人欢迎，这就是读者和观众对冯玉奇的评价，它比专家的评价更为准确，也更为重要。遗憾的是，我们无法看到他的剧作和三十岁以后的作品，也不知其晚景如何，卒于何年。

从冯玉奇的生活年代和创作时段来看，他显然是鸳鸯蝴蝶派的后起之秀，所以尽管他作品如此之多，影响如此之大，而同派的老前辈却很少提到他，这也是"文人相轻"的表现之一。

按说要介绍冯玉奇的小说，应该将其全部小说阅读一遍，但我没有这么多时间，也没有这么大精力，因而只向中国文史出版社借阅了《舞宫春艳》《小红楼》《百合花开》三种，全都是言情小说。因此我只能以这三种言情小说为例加以介绍，这可能会犯以偏概全的错误，因此只能供读者参考。

《舞宫春艳》写了两个纠缠在一起的爱情婚姻悲剧故事：苏州富家子秦可玉自幼与邻居豆腐坊之女李慧娟相恋，由于门第悬殊，秦可玉被其父禁锢，二人难圆成婚之梦。不幸李慧娟生下了一个私生女鹃儿，只好遗弃，自己则郁郁而死。鹃儿被无赖李三子收养，长大后卖到上海做伴舞女郎，改名卷耳。中学生唐小棣先是爱上了姑夫秦可玉家的婢女叶小红，不料叶小红失踪，于是移情于卷耳，但无钱为卷耳赎身，两人感到婚姻无望，于是双双吞鸦片自尽。

《小红楼》的故事紧接《舞宫春艳》：曾经被唐小棣爱过的叶小红的失踪，原来也是被无赖李三子拐卖为伴舞女郎，小棣、卷耳自杀后，小红才被救了回来，并被秦可玉认为义女。经苏雨田介绍，与辛石秋相识相恋而订婚。同时石秋的姨表妹巢爱吾也爱石秋，但石秋既与小红订婚在先，便毅然与小红结婚。爱吾为了摆脱难堪的地位，离家出走，下落不明。石秋奉父命赴北平探望二哥雁秋，在火车站被人诬陷私带军火，被军人押到司令部。可巧爱吾此时已成为张司令的干女儿兼秘书，便设法救了石秋一命。但张司令强迫石秋与爱吾结婚，二人既不敢违命，又固守道德，便以假夫妻应付。后来石秋回到家里，终于与小红团聚。

《百合花开》写了两个紧密相关的爱情婚姻故事：二十岁的寡妇花如兰同时被四十二岁的教育家盖季常和十八岁的革命青年盖雨龙叔侄俩所爱，而盖季常的十六岁侄女盖云仙又同时被三十六岁的银行家杨如仁和十九岁的革命青年杨梦花父子俩所爱。经过许多曲折后，终于两位长辈让步，盖雨龙与花如兰、杨梦花与盖云仙同场结婚。

由以上简单介绍可知，冯玉奇的这三种小说共写了五个爱情婚姻故事，其中两个是悲剧结局，三个是有情人终成眷属。这正如鲁迅所说："有时因为严亲，或者因为薄命，也竟至于偶见悲剧的结局……这实在不能不说是一个大进步。"其次，这三种小说的五个爱情婚姻故事，倒有四个是三角爱情婚姻故事，但它们的情况并不雷同。唐小棣、叶小红、卷耳的三角恋是一男爱二女，辛石秋、叶小红、巢爱吾的三角恋是两女爱一男，而盖季常、盖雨龙、花如兰和杨如仁、杨梦花、盖云仙的三角恋更为异想天开，竟然都是两辈嫡亲男人（叔侄、父子）同爱一个女子。可见冯玉奇极有编故事的才能，从而使作品更具吸引力和娱乐性。又次，这三种言情小说的描写极为干净，没有任何色情描写。除了秦可玉与李慧娟有私生女外，其他人都非礼勿言，非礼勿行。如辛石秋与叶小红因婚礼当天石秋之母去世，为了守孝，新婚夫妻在百日之内没有圆房。而辛石秋与姨表妹巢爱吾为了对得起叶小红，虽被张司令强迫成亲，却只做了几天假夫妻。

从表现形式和艺术手法来看，我觉得冯玉奇的小说与当时新文学的新小说都受了西洋小说的影响，基本相同。譬如：两者都突破了传统小说书名的套路，不拘一格，尤其采用了一字书名和二字书名，如冯玉奇有《罪》《孽》《恨》《血》和《歧途》《逃婚》《情奔》等；而巴金有《家》《春》《秋》，茅盾有《幻灭》《动摇》《追求》。两者的对话方式也突破了传统小说的套路，灵活自如：对话既可置于说话者之后，也可置于说话者之前，还可将说话者夹在两句或两段话之间。至于小说的结构法、叙述法与描写法，更是差不多的。譬如人物描写不再是"沉鱼落雁""闭月羞花""倾国倾城"之类的千人一面，景物描写也不再是"落红满地""绿柳成荫""玉兔东升"之类的千篇一律，而加以具体描绘。这里随便举一个例子：

小红坐在窗旁，手托香腮，望着窗外院子里放有一

215

缸残荷，风吹枯叶，瑟瑟作响。墙角旁几株梧桐，巍然而立。下面花坞上满种着秋海棠，正在发花，绿叶红筋，临风生姿，可惜艳而无香，但点缀秋色，也颇令人爱而忘倦。

这是《小红楼》对莲花庵一角的景物描绘，虽然算不上十分精彩，但作者通过小红的眼睛描绘了院中的三样东西——风吹作响的"枯荷"、巍然挺立的"梧桐"、正在开花的"海棠"，从而衬托出莲花庵幽静的环境，曲折地表明了时在秋季。频繁使用巧合手法是冯玉奇小说的显著特点，可以说把所谓"无巧不成书"用到了极致。巧合手法有助于编织故事，缩短篇幅，增加作品的吸引力等，但使用过多则时有破绽，有损于作品的真实性。冯玉奇的某些小说也采用了章回体，但只是标题用"第×回"和对偶句，"却说""且听下回分解"之类的套语已不再经常出现，因此并非章回体的完全照搬。况且章回体并非劣等小说的标志，它在我国小说史上发挥过巨大作用，产生过杰出的四大古典小说。因此用章回体来贬低冯玉奇的小说，也是毫无道理的。

冯玉奇的小说也有明显的缺点。它们与其他鸳鸯蝴蝶派小说一样，主要注重小说的娱乐性，而忽视小说的社会性和艺术性，因此没有产生杰出的作品。他是南方人而小说采用北方话，加之写作速度太快，无暇深思熟虑，导致语言不够流畅，用词不够准确，还有许多错别字和语病。还有使用"巧合"法太多，有时破绽明显，这里不再举例。

216

总而言之，冯玉奇既不是"黄色"和"反动"小说家，也不是杰出小说家，而是一位勤奋多产、有益无害的通俗小说家，他应在中国小说史尤其是中国现代小说中占有一席之地。

　　　　　　　　　　　　　2017 年 6 月 4 日于北京蜗居